Rubem Alves

Reverência pela vida
A sedução de Gandhi

PAPIRUS EDITORA

Design gráfico	Fernando Cornacchia
Foto de capa	Rennato Testa
	(Colcha indiana feita com retalhos de vestidos de noivas, gentilmente cedida pelo Espaço Kamasan, de Campinas, SP.)
Coordenação	Beatriz Marchesini
Copidesque	Mônica Saddy Martins
Revisão	Ana Carolina Freitas
	Maria Lúcia A. Maier
	Solange F. Penteado

Dados Internacionais de Catalogação na Publicação (CIP)
(Câmara Brasileira do Livro, SP, Brasil)

Alves, Rubem, 1933-2014
    Reverência pela vida: a sedução de Gandhi / Rubem Alves. – 2. ed. – Campinas, SP: Papirus Editora, 2024.

Bibliografia.
ISBN 978-65-5650-172-7

1. Estadistas – Índia – Biografia 2. Gandhi, Mahatma, 1869-1948 3. Índia – Política e governo I. Título.

23-182086   CDD-923.2

Índices para catálogo sistemático:

1. Estadistas: Índia: Biografia   923.2

Aline Graziele Benitez – Bibliotecária – CRB-1/3129

2ª Edição – 2024
1ª Reimpressão – 2024
Tiragem: 300 exs.

Exceto no caso de citações, a grafia deste livro está atualizada segundo o Acordo Ortográfico da Língua Portuguesa adotado no Brasil a partir de 2009.

Proibida a reprodução total ou parcial da obra de acordo com a lei 9.610/98.
Editora afiliada à Associação Brasileira dos Direitos Reprográficos (ABDR).

DIREITOS RESERVADOS PARA A LÍNGUA PORTUGUESA:
© M.R. Cornacchia Editora Ltda. – Papirus Editora
R. Barata Ribeiro, 79, sala 316 – CEP 13023-030 – Vila Itapura
Fone: (19) 3790-1300 – Campinas – São Paulo – Brasil
E-mail: editora@papirus.com.br – www.papirus.com.br

Para a Lidinha.

*Não terei medo de ninguém sobre a terra.
Temerei apenas a Deus.
Não terei má vontade para com ninguém.
Não aceitarei injustiças de ninguém.
Vencerei a mentira pela verdade,
e na minha resistência à mentira
aceitarei qualquer tipo de sofrimento.*

Gandhi

Sumário

PREFÁCIO *Raquel Alves*	11
GESTOS POÉTICOS	17
ORIGENS	29
HUMILHAÇÕES	43
SATYAGRAHA	55
UM COLAR	69
OS SAQUINHOS DE ANIL	79
A CAMINHADA PARA O MAR	93
A REVERÊNCIA PELA VIDA	105
A TRISTEZA FINAL	119
COMO ESCREVI ESTA ESTÓRIA	133
CRONOLOGIA	141

Prefácio

Recebi o convite para escrever este prefácio com muita alegria, porém, depois de ler *Reverência pela vida*, fiquei apreensiva: será que consigo produzir um texto que faça jus à tamanha beleza e sensibilidade?

Lembro-me quando esta obra foi publicada pela primeira vez. Eu era meninota ainda e observava meu pai alisando a capa do livro, com semblante de muita satisfação, que só pude entender agora, adulta, depois de os anos terem feito seu trabalho de amadurecimento.

Este livro mexeu com minhas entranhas emocionais. Primeiro, pelo fato de ser uma obra incrível, que reúne todas as nossas questões mais profundas ligadas à vida e ao nosso viver em um único lugar. Segundo, pelo fato de ter sido escrito em primeira pessoa, o que quer dizer que o autor vestiu a pele de Gandhi, como se sentisse e pensasse em seu lugar, e isso, por si só, já é um ato de coragem e ousadia que somente uma alma muito boa e sensível se arriscaria a fazê-lo com responsabilidade e sabedoria. Por fim, vem aqui o fato de eu ser filha de Rubem Alves. É claro que eu sei e sempre soube que meu pai foi uma figura diferente, capaz de curar dores por meio de suas palavras e encantar ambientes pela sua presença. Mas esse saber não me parece finito e esgotável, como se pudesse ser guardado e organizado em uma pasta de memórias relativas a meu pai. Ao mesmo tempo em que eu me emocionava com a leitura, pensava: "Sou filha desse homem, e acho que nunca vou conseguir compreender o tamanho de sua riqueza interior, mesmo tendo convivido com ele por tantos anos". Só me resta valer desse sentimento de êxtase e gratidão que esta obra me provocou para agradecer e reverenciar por sua vida.

A Papirus me contou que, em algum evento, meu pai chegou com um livro chamado *Gandhi: A magia dos gestos poéticos* em mãos. Apontando para a capa, disse que a editora *tinha* que publicar aquela obra. Afinal, se tratava de uma produção muito importante para meu pai, e seu conteúdo não poderia ficar guardado em um lugar qualquer. Assim nasceu *Reverência pela vida*, que agora, por ocasião dos dez anos de encantamento de meu pai – tempos de pensar sobre a vida que é finita e infinita ao mesmo tempo –, renasce para que Rubem Alves continue nos tocando com seu eterno convite para uma vida mais bela e sensível.

Falar sobre Gandhi não é apenas falar sobre o homem brilhante que levou a Índia à sua independência. É refletir sobre escolhas, sobre a força da verdade e da não agressão, sobre o respeito por todos – homens e todas as formas de vida. É refletir sobre nossa relação com a vida e com o planeta. É pensar sobre a vida com que sonhamos e o quanto estamos contribuindo (ou não) para isso. Esta obra nos coloca diante de um espelho, que nos questiona inexoravelmente: "Você se orgulha da pessoa que está sendo, tanto para si quanto para o mundo?".

Meu pai sempre afirmou que a morte anda ao nosso lado, bem ao alcance de nossas mãos. Um dia, ela irá nos tocar... Portanto, como um lembrete de uma consciência privilegiada, não esqueçamos que a morte não nos fala sobre o fim da vida, mas sobre o quanto estamos fazendo nosso viver valer a pena.

Eu garanto que este livro, por meio de dois grandes homens – Mahatma Gandhi e Rubem Alves – o levará às reflexões essenciais do viver consciente, bem como apontará o caminho da beleza, da verdade e do amor como uma direção para quem deseja viver de forma que contribua para a sociedade justa, mansa e cooperativa com que tanto sonhamos.

Desejo, do fundo do meu coração, que a obra mexa e remexa com suas entranhas emocionais, assim como fez comigo. Ao final, aposto que você se sentirá uma pessoa melhor só por ter se entregue a esta leitura tão fascinante!

Raquel Alves[*]

---

[*] Pensadora, autora de cativantes livros infantis e palestrante, traz consigo uma história extraordinária, influenciada pelo legado de seu ilustre pai, o renomado escritor Rubem Alves. Sua jornada de vida, marcada por desafios de saúde física e emocional desde a infância e pela adaptação à deficiência visual na vida adulta, molda sua perspectiva única de enxergar e experienciar o mundo. Um exemplo notável de resiliência e determinação, por meio de suas narrativas e reflexões, compartilha a essência humana e a beleza da vida, encantando e inspirando tanto crianças quanto adultos. Para saber mais, acompanhe-a em @raquelalvesescritora e www.raquelalves.com.br.

Gestos poéticos

Escute só... Cessaram os ruídos comuns e as vozes que aqui havia quando cada dia era como o outro. Tudo parou para ver, para dizer adeus... Não é silêncio. É um mistério que está no ar, misturado com esse perfume de sândalo que sai da madeira que se contorce e chia nas chamas. É o cheiro de incenso que diz que o momento é sagrado. A morte foi sempre misteriosa, e é por isso que os homens se aproximam dela com o nome de Deus nas suas bocas. Nome que se pronuncia para exorcizar o medo: *Rami Ram*!

Ouve-se o crepitar do fogo, luminoso e quente, esplendor da divindade. Ao lado do fogo, corre o rio Yamuna. Penso que suas águas nascidas nas distâncias do Himalaia devem estar se preparando para receber as minhas cinzas. Dizem as estórias contadas de geração em geração que esse rio é mulher, irmã gêmea de Yama, deus da morte. Poderia haver lugar mais belo para uma pira funerária, entre o fogo divino e as águas que carregam em si os segredos do além, mãe que acolhe no colo um filho que retorna? Como é bom saber que, no retorno, há uma mãe à espera... Com suas águas, irei lentamente até o Ganges. Isso me conforta, porque todas as vezes que vi o rio sagrado, e sempre que dele me lembrei, tive pensamentos de harmonia e de tranquilidade. Há também o discreto murmurar das palavras que se dizem ao ouvido, e o choro da separação.

O nome de Deus, o rio da morte, colo materno que acolhe, as vozes do amor... Tudo isso junto fia e tece um tapete que convida a alma...

Olho, ouço, e isso me faz bem. Meu coração se aquece, porque amei intensamente este povo comum e pobre da Índia, minha mãe...

É bom saber que me amara. Eu não queria deixá-los ainda, muito embora os acontecimentos me estivessem dizendo que já bastava, que era hora de partir. Mas o meu tempo interior dizia outras coisas. Queria continuar a viver, para continuar a lutar com um espírito equânime e tranquilo. Não existe coisa alguma mais doce que essa. E foi por isso que disciplinei o meu corpo, para ter vida longa, e cheguei a sonhar que viveria 125 anos...

Cada pessoa tem uma estória para contar. Elas trocam entre si pequenos fragmentos de memória, para que os outros saibam que, a despeito da distância, vivemos juntos momentos de verdade, respiramos o mesmo ar, conspiramos. As agonias compartilhadas dos jejuns, a solidariedade das prisões, a coragem da resistência mansa e tenaz, a percepção da voz interior, surgida do fundo da alma, as alegrias das vitórias: tudo isso selou nossa fraternidade. A ternura com que falam a meu respeito me leva para muitos anos atrás, naquela terra de humilhação para os indianos pobres e indefesos, a África do Sul. Foi lá que começaram a me chamar de *bhai*, irmão. Como era doce esse nome na boca dos que o pronunciavam. Hoje, sinto coisa parecida. Pena que eles não possam ver minhas mãos unidas e o meu sorriso, abençoando-os.

Como se cada um desejasse afirmar sua presença, em amor, na pira incendiada:

– Eu também o vi...
– Sim, me lembro muito bem...

Pensam que estão falando a meu respeito. Mas se enganam. Não percebem que, quando se fala com amor, cada palavra que se diz é uma revelação daquele que fala. Confissões. Se eles se lembram é porque este corpo, que o fogo vai transformando, de alguma forma conseguiu despertar neles algo de bom que ali se encontrava esquecido. Falam sobre eles mesmos ao dizer o meu nome. Sentiram-se mais dignos e mais livres. O que fiz? Quase nada. Só uns poucos gestos mansos e obstinados. E as coisas boas adormecidas acordaram, como que por magia...

Lembro-me de uma longa viagem de trem, naqueles anos em que vivi na África do Sul. Seriam 24 horas. Eu tinha um amigo íntimo, a quem confidenciava tudo o que me ia na alma. Acompanhou-me até a estação e, na despedida, deu-me um livro de presente. Garantiu-me que a leitura seria do meu agrado, talvez para certificar-se de que eu não o deixaria fechado, absorvido por minhas preocupações de ordem prática. Ele sabia muito bem a vida que eu levava, ação o tempo todo, o que não me deixava sobras para o estudo. Comecei a ler. Coisa estranha me aconteceu. Sentia como se o autor estivesse simplesmente dando nomes a sentimentos que já existiam dentro de mim. Não, não eram palavras que enunciavam verdades acerca das coisas de fora e que nos deixam convencidos e impassíveis. Eram palavras encantadas, que invocavam partes do meu próprio ser que eu já sentia, mas ainda não conhecia. Nunca mais pude me esquecer.

O autor, irmão desconhecido, era John Ruskin, e o nome do livro era *Até o último*. Não consegui dormir a noite toda, fascinado pela leitura. Resolvi mudar de vida. Quando o dia amanheceu, eu era um homem diferente. Havia me decidido a andar na direção indicada pelas vozes do meu íntimo. Aquela era a minha verdade, que precisava ser obedecida, para que eu estivesse em paz comigo mesmo e sentisse a alegria de viver. Maravilhei-me com esse estranho poder das palavras. E entendi então o segredo do poeta. O poeta é um ser que é capaz de despertar o bem que dorme no fundo do coração humano. De fora, ele pouco sabe. Contenta-se em ser um espelho para que contemplemos as profundezas de dentro.

Naquele momento, compreendi o que desejava ser. E nunca mais desejei ser outra coisa. Ser poeta de palavras era coisa além das minhas possibilidades. Tal dom não me havia sido dado pela providência divina. Mas eu poderia ser um poeta dos gestos, gestos que trouxessem de novo à vida coisas que pareciam mortas, gestos de encantamento e sedução. Compreendi que era desses gestos que nasciam as grandes metamorfoses: dos indivíduos, das comunidades, de povos inteiros. A razão? É que eles atingem o coração. Não existe nenhum outro caminho que nos possa levar à transformação do mundo. E nada há que se lhes compare em poder. Digam-me, por favor: qual é a barreira que o sentimento proveniente do coração não pode romper? Anos depois, eu me encontrei com Tagore, poeta que cantou o coração da Índia. Senti que éramos companheiros. Ele fazia com as palavras aquilo que eu tentava fazer com meus gestos. As multidões, entretanto, o desorientavam. Ele precisava ouvir as vozes que só se dizem no silêncio. E as transformava em poemas. E eu sentia que era isto que cada alma, perdida na multidão, desejava: a palavra que lhe dissesse a sua verdade. Milhões de sofredores pedindo um poema. Não, eles não vivem só de comida. Os poemas fazem o corpo sorrir e lutar: alimento revigorante.

Sei que os políticos não entendem isso. Acostumaram-se a movimentar o poder dos raios. Ignoram o poder da semente. Até mesmo Nehru, meu filho espiritual. Sensível, inteligente, apaixonado pela Índia, respirávamos a mesma verdade, o mesmo amor pelo povo. Mas ele era político. Escapava-lhe a significação dos gestos poéticos. Foi necessário que ele visse com os seus próprios olhos. O mais fraco de todos os gestos, o jejum, o poeta dos gestos optando pelo silêncio, indo àqueles limites além dos quais o silêncio é sem volta. Além do mais, eu era um prisioneiro, à mercê do Império Britânico. Mas o gesto que ninguém viu, porque feito do lugar da mais total impotência, virou palavra, andou de boca em boca, os corações reverberaram, milhares; e o milagre aconteceu. Naquele instante, ele percebeu aquilo que iria escrever muito depois: "Que grande mágico, esse pequeno homem sentado na prisão de Yeravda!" Ele só se enganou em um ponto: pensou que o que fiz era coisa extraordinária. Mas estou convencido, como se o estivesse durante toda a minha vida, de que tudo que me foi possível o é também para uma criança. A palavra é muito boa: magia. É isto que sempre quis fazer: modificar as coisas pelo poder do amor. E de todas as magias, a mais bela é aquela dos pobres amedrontados que, de repente, se esquecem da intimidação das fardas e das armas, livram-se do medo e passam a obedecer somente à voz interior da sua verdade, que um gesto de amor fez acordar. Foi isso que vi acontecer no rosto dos mais humilhados e mais pobres de todos os indianos, aqueles camponeses que plantavam índigo, para seus dominadores, na região do Champaran.

Parece tão difícil acreditar no poder da vida. Tudo conspira contra ela. Há os governos poderosos, a força das organizações econômicas, o mal presente nas maiorias cruéis e nas minorias militantes e o átomo que agora pode destruir todas as coisas... Como é possível que os homens mantenham a sua paz interior e se sintam exteriormente tranquilos, como podem eles conservar-se honestos, livres, verdadeiros para consigo mesmos, em face de todos os golpes que são desferidos contra eles? Muitos se agacham e se submetem. A vida se encolhe cada vez mais. E é isso que abre as portas ao totalitarismo. Se o indivíduo não estiver disposto a defender-se contra os abusos do poder, a liberdade está condenada. Alguns se enganam e pensam que o problema é exterior, apenas: abertas as portas das gaiolas, os pássaros voarão. Ignoram que os pássaros também constroem gaiolas para si mesmos, por medo das alturas. A liberdade dá calafrios... Somos nossos próprios carcereiros. Foi Tagore quem disse, da forma mais dolorosa:

– Prisioneiro, dize-me, quem foi que fez esta inquebrável corrente que te prende?
– Fui eu – disse o prisioneiro – quem forjou, com cuidado, esta corrente...

Minha luta não era só para expulsar a morte. Queria trazer a vida de volta...

Vejo que o fogo está mais forte. Vai-se o meu corpo. Vão ficar as estórias que dele se contarão. Fantasias, memórias que o amor preservou... Houve um tempo em que eu mesmo me dediquei a escrever minhas memórias. Logo percebi as limitações dessa empresa, de um ponto de vista histórico. Não é possível registrar todas as lembranças. Quem poderá decidir acerca do que deve ser dito e do que pode ser esquecido no interesse da verdade? Um espírito esmiuçador que viesse a submeter-se a um interrogatório, bem que poderia terminar por gabar-se de haver revelado o vazio de boa parte das minhas pretensões. Mas eu não coloquei minhas memórias no papel por amor à ciência histórica. O que eu desejava era simplesmente relatar minhas experiências com a verdade, a fim de proporcionar aos meus companheiros de lutas reconforto e alimento para suas meditações. Por oposição aos ocidentais, que tendem somente a respeitar a face externa da vida, que todos podem comprovar, e a que dão o nome de ciência, eu me interessava por relatar aquilo que vivi no domínio espiritual: sou o único a saber dessas coisas e é nelas que reside a medida da influência de que disponho na política. É a isto que dou o nome de verdade: algo que cresce de dentro, que não se pode ensinar, mas apenas sugerir e invocar, por meio de gestos de amor... Ao escrever, eu me via como alguém que oferece uma fruta ao faminto, um pouco de água ao que caminha.

Lembro-me de coisas de minha infância. Não gostava muito de ler. Se estudava, era porque esse era o meu dever e porque temia a vergonha da repressão dos professores. Um dia, nem sei direito como isto aconteceu, vi, entre as coisas de meu pai, o livro *Shravana Pitribhakti Nâtaka*, uma peça de teatro que contava a lealdade de Shravana para com seus pais. O triste choro dos pais diante do filho morto nunca me deixou. Está vivo em mim. Coisa semelhante aconteceu com outra peça, *Harischandra*, a que meu pai me permitiu assistir. Ela ganhou o meu coração e voltei ao espetáculo, vez após outra. E eu me perguntava: "Por que é que todo o mundo não é também leal e fiel como Harischandra?".

Procurar a verdade e sofrer tudo por ela, esse foi o desejo que a peça despertou dentro de mim. Naquele tempo, acreditava piamente em tais estórias, ao pé da letra. Hoje, sei que eram poemas, construções do amor. Mas isso em nada diminuiu o seu fascínio e o seu poder. Continuam a ser realidades vivas, que despertam emoções que nunca se acabam e sempre se repetem. Agora, eu me pergunto se não é justamente aqui que se encontra a verdade, apesar de nunca terem acontecido: elas exprimem a verdade interior que não é só minha, mas que vive, de uma forma ou de outra, em todas as pessoas. E foi pensando um pouco nisso que me pus a escrever minhas memórias, com a intenção de tirar delas aquelas coisas que me deram coragem e me fizeram sorrir, para partilhar com os outros, que caminham juntos...

Mas ninguém é só bondade. A luz deixa sempre certos lugares de sombra. Nem todas as coisas são ditas. Há silêncios. Penso na minha mulher e nos meus filhos. Talvez eu tenha querido ser o pai de todos e, por isso, não pude ser o pai que meus filhos desejariam que eu fosse, nem ser o esposo para o qual Casturbai foi preparada. Quem deseja casar com uma causa e ser pai de multidões não deve casar-se com uma mulher e gerar filhos. Mas a escolha não foi minha. Fui casado, criança, sem nada saber. Tinha apenas 13 anos de idade. Era assim que diziam as tradições da nossa gente. Muitas vezes, senti a tristeza no rosto da minha mulher e a perplexidade no olhar dos meus filhos. Por que é que eles tinham de ser diferentes? Por que é que tinham de se submeter a uma vida que não fora escolha sua? Mas eu era prisioneiro de uma voz interior que me impelia numa direção diferente. Parece-me que existe algo semelhante nos textos sagrados dos cristãos, algo mais ou menos assim: quem quiser seguir a verdade deve abandonar todas as coisas – pai, mãe, mulher, filhos, segurança, bens materiais...

Quero dizer para os outros a minha verdade, à medida que a repito para mim mesmo. Muitos falaram sobre mim, como se eu fosse um político astuto, político ingênuo, político equivocado, mas eu nunca quis entender de política. Só quis entender da bondade e dos seus caminhos. A política foi uma consequência e não a inspiração, da mesma forma que o calor é uma simples consequência do fogo e não a sua origem. Eu teria feito as mesmas coisas, ainda que não houvesse consequência alguma. Pelo menos, é isso que me diz minha voz interior.

Foi assim que fui ficando cada vez mais longe do Ocidente, até ser quase motivo de riso. Um dos seus líderes políticos mais extraordinários, Churchill, me chamava de "faquir seminu". Ele não podia ver o mundo com os meus olhos. Parece que os ocidentais não acreditam que os homens sejam naturalmente bons e belos, lugares onde a vida cresce. Foi por isso que se tornaram especialistas em meios de coerção e aprenderam a usar o dinheiro e os fuzis como ninguém... É por isso que estão sempre tentando melhorar os homens por meio de *adições*: a comida em excesso, a roupa desnecessária, a velocidade da máquina, a complicação da vida...

Tentei seguir o caminho inverso: despojar-me de tudo, para que a verdade apareça. É somente assim que se vê Deus, porque Deus é verdade, essa voz que vive dentro de cada um. Cultivei, acima de tudo, meus momentos de oração e meditação: às quatro e meia da manhã e entre cinco e seis horas da tarde. Para mim, não havia nada mais importante que isso. Antes que o gesto seja feito, é necessário ouvir o que a verdade está dizendo.

Sempre acreditei que, no fundo dos homens, existe algo de bom. Como poderia eu odiar qualquer pessoa, mesmo os que me tinham por inimigo? Dirão que não é assim. Há a crueldade, o ódio, a morte... Será que algumas gotas de água suja serão capazes de poluir o oceano inteiro? Que força do mal poderá apagar o divino que mora em nós? Somos jardins habitados por feras, fontes de água em meio ao deserto, sorrisos amigos escondidos em rostos envelhecidos pelo medo. A única coisa que desejei foi cultivar esse jardim, beber dessa água, contemplar esses sorrisos... Não queria acrescentar coisa alguma. Precisa-se de muito pouco para ter paz e harmonia: a alegria vem quando as pessoas bebem de suas próprias fontes frescas a verdade que nelas mora. Essa verdade, o segredo da vida, é uma enorme e obstinada mansidão, que não recua nunca, e corre sempre, irresistível, sem revidar, como o rio...

Ah! Quase que me esquecia: os mortos não podem falar. É alguém que fala em meu lugar, que tentou ouvir e procurou colher as coisas que eu mesmo colheria, se pudesse. É preciso que a imaginação voe no cheiro do sândalo e no brilho do fogo. Antes que tudo se acabe...

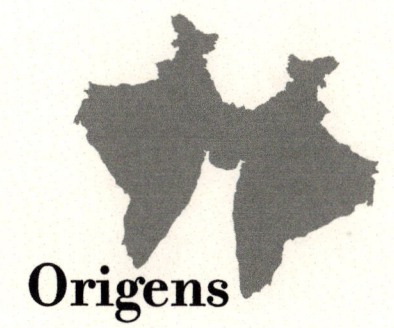
Origens

Nasci muito longe do mundo. Porbandar, cidade pequena que me parecia enorme, à beira-mar do mar da Arábia. Diziam-me que aquilo era a Índia, mas eu não entendia. Quem mora a vida inteira nas montanhas não sabe o que são montanhas. Só irá aprender quando estiver nas planícies e vier então aquela imensa saudade... Assim era aquele pequeno nosso mundo, fora do mundo. Distantes de todas as rotas do comércio, das notícias, dos jornais, das viagens, vivíamos a nossa própria vida e pensávamos que o mundo inteiro deveria ser mais ou menos daquele jeito. Por que desejar algo melhor?

Nasci no dia 2 de outubro de 1869. Meu pai, Kaba Gandhi, casou-se quatro vezes, e três vezes a morte o deixou sozinho. Minha mãe, Putlibai, teve uma filha e três filhos. Eu fui o último filho da última esposa. Parece que os pais olham o filho depois do qual não haverá outro com um carinho especial. Ali está sua semente... Deram-me o nome de Mohandas Karamchand Gandhi. Meu último nome continha um destino, os limites entre os quais a tradição me obrigava a viver até a minha morte. Índia, mundo em que os homens são separados em prateleiras, castas, que correm paralelas, umas às outras, como se fossem trilhos de trem, sem nunca se encontrarem. Gandhi, nome que pertence à casta bania. Em sua origem, meus antepassados trabalhavam com especiarias. Depois, destacaram-se nas coisas públicas e subiram na política; muitos deles tornaram-se governadores de províncias da península onde vivíamos, Catiavar.

Meu pai não soube ficar rico. Sua morte iria nos deixar pobres. Nada sabia dos livros. Ignorava completamente a história e a geografia. Dele não saíam estórias de outros mundos e outras terras... Mas era sábio ao lidar com as pessoas. Mais tarde, nos mudamos para uma outra cidadezinha próxima, Rajcot. Foi ali que aprendi a tolerância para com todos os ramos do hinduísmo e religiões irmãs. Meus pais iam, com absoluta tranquilidade, não só aos templos vishnuítas a que estavam ligados, como também aos templos de Shiva e de Rama. Nossa casa era também lugar de hospedagem obrigatória para os monges jainistas, religião tão antiga quanto o budismo. Não há ninguém que se assemelhe a eles no respeito e no amor a todas as coisas vivas. Quem se importaria com a vida de um mosquito? Eles se importam. E até usam cobrir suas bocas com gaze para que não venham a engolir e a matar um pobre e quase invisível bichinho voador... Meu pai tinha também amigos muçulmanos e parses, que lhe falavam de sua religião. E eu me lembro muito bem de seu interesse e de seu respeito. Ouvia e perguntava. Desejava aprender. O que se sentia era que todos nós, de religiões diferentes, estávamos em busca de uma mesma verdade. Olhando-se uma mesma flor, um nota o perfume, outro a cor; um outro o delicado formato das pétalas... As diferenças se uniam como expressões de um mesmo amor... Somente os cristãos me causavam antipatia. Lembro-me dos missionários, nas esquinas, pregando a verdade que só eles tinham e desavergonhadamente nos acusando a todos de estarmos no erro. Parecia-me que, para ser cristão, era necessário ter vergonha da Índia: destruir a vida, matar para comer, vestir roupas que nos eram estranhas. E eles bebiam bebidas alcoólicas...

De meu pai, tenho uma experiência que preciso relatar, pois me acompanhou pelo resto da vida. Quando eu tinha 12 ou 13 anos, um tio fumante me ensinou a fumar. A princípio, dava umas baforadas com os tocos de cigarros que catava. Depois, fiquei mais exigente. Acontece que eu não tinha dinheiro. Passei a furtar dinheiro dos bolsos dos empregados da casa para comprar cigarros. Depois, já mais velho, roubei de novo. Eu tinha uma dívida a pagar, não tinha dinheiro, e um amigo meu tinha um bracelete de ouro do qual era fácil arrancar uma peça. Foi o que fiz. Paguei a dívida. Mas passei a sofrer atrozmente pelo meu ato. Não podia dormir. Não tinha um momento de paz. Resolvi confessar tudo ao meu pai. Mas eu não tinha coragem para falar. Escrevi tudo num papel que lhe entreguei pessoalmente. Minha mão tremia. Meu pai estava doente, de cama, que era uma simples prancha de madeira. Leu o papel sem perder uma linha e as lágrimas brilharam, deslizando sobre as suas faces e molhando a folha. Fechou os olhos, um instante, para refletir. Depois, rasgou o pedaço de papel. Ele havia se sentado para ler. Deitou-se de novo. Eu também chorava. Podia ver que ele sofria muito. Essas lágrimas de dor e de amor purificaram o meu coração. Nunca me esqueci: quando se ama, o sofrimento tem um poder mágico para espantar os sentimentos maus e para acordar os sentimentos bons. Depois, vida afora, sempre que eu jejuava, era como se meu pai estivesse ao meu lado, olhando-me com um sorriso. Agora, era eu que tentava ser pai de um povo, oferecendo-lhe o meu sofrimento para que ele se purificasse e sorrisse...

Minha mãe era de uma alegria tranquila e constante. Ela exalava santidade. Orava antes das refeições. Ia diariamente ao *haveli*, templo vishnuíta. E tinha um grande prazer no cumprimento dos votos que fazia. Certa vez, fez o voto de não se alimentar durante todo o tempo em que o sol estivesse ausente. Era a estação das chuvas. O sol aparecia raramente, no meio das nuvens, e logo desaparecia. Quando o víamos aparecer, corríamos para contar à nossa mãe. Ela saía, para se certificar. Mas o sol já se fora. "Não importa", dizia alegremente, "Deus não quer que eu coma hoje". E voltava aos seus afazeres.

Aprendi com ela a beleza dessa virtude da equanimidade, os sentimentos tranquilos, não perturbados por aquilo que acontece... E aprendi mais: que a vida pode sorrir, mesmo em meio às abstenções. Só que, para isso, é necessário que haja uma fonte interior, onde a pessoa se abebera...

Fui um estudante medíocre. Tinha muito medo dos outros meninos. Por isso, fugia deles e me escondia nos livros e nas lições. Chegava à aula na hora exata e voltava correndo para casa, logo que ela terminava. Corria para fugir... Não podia pensar que outra pessoa pudesse querer falar comigo. E tinha medo de que zombassem de mim. Eu era a morada de muitas emoções estranhas. Sentia-me fraco e feio. Esses sentimentos me assombravam na forma de medo de fantasmas e espíritos. Quem veio em meu auxílio foi a ama que cuidava de mim, velha e fiel criada. Sua afeição nunca me abandonou, até hoje. E ela me contou um segredo: maus espíritos se expulsam com uma palavra que seja mais forte que eles. E que palavra mais forte pode existir que o nome de Deus? Ensinou-me então a repetir o *Rami Ram*... Meu amor por ela me fez crer na eficácia do nome divino. Coisa misteriosa esta, que sejam os outros, a quem amamos, que nos transmitam e ensinem a eficácia de Deus. Foi graças a ela que o *Rami Ram* se tornou, pelo resto de minha vida, um remédio infalível. Quando a tranquilidade interior começa a tremer, digo o nome divino e recupero o acesso às fontes interiores da verdade.

Depois, aquela experiência grotesca. Já disse que eu era fraco e tinha medo. Aí, arranjei um amigo, mais forte e maior que eu, que me disse que o meu problema era o problema da Índia inteira. Todos éramos fracos. Todos tínhamos medo. De quem? Dos dominadores ingleses, intrusos que mandavam em nossa casa. Como explicar que os ingleses, sendo poucos, pudessem cavalgar os indianos, que eram muitos? É que eles comiam carne. Carne dá coragem para a alma e força para o corpo. Em parte por causa do meu medo e da minha timidez e em parte por sentimentos patrióticos, tomei a decisão de romper com tudo o que havia aprendido da minha família: era ali que se encontrava a razão da fraqueza.

Fomos, secretamente, como ladrões, para um recanto escondido, à beira do rio. Foi lá que vi carne pela primeira vez. Tive nojo. A carne de cabra era dura. Mastiguei e masquei. Mas o passado já era dono do meu corpo. Não pude engoli-la. À noite, sonhei que uma cabra viva gemia dentro de mim e acordei cheio de remorsos... Mas não eram só os sentimentos em relação à cabra. Era a vergonha de estar mentindo para meus pais, de estar renunciando às coisas mais caras que faziam parte da sua vida. Como se eu estivesse dizendo adeus a eles e ao seu mundo. E foi isso que me fez abandonar essa experiência grotesca...

Da minha infância e adolescência, é preciso contar mais duas coisas.

Na Índia, há um estranho costume: o de fazer com que as pessoas se casem quando ainda são crianças. Creio que não se encontra semelhante coisa em nenhuma outra parte do mundo. E nunca consegui entender as razões. Perguntei pela sabedoria desse ato, mas ninguém pôde me responder. Só respondiam que era assim que se fazia. E foi dessa forma, sem que eu soubesse ou quisesse, sem que a menina soubesse ou quisesse – que é que crianças podem saber ou desejar? – que se celebraram os festejos do nosso casamento. Seu nome era Casturbai e ela sorria tímida, sem nada saber da vida que a aguardava. Demo-nos inocentemente as mãos, ante todos os convivas, e celebramos o ritual dos sete passos, um a um, com suas palavras e promessas, até que nossos pés fizessem o movimento final e irrevogável, o sétimo passo, que nos ligou pelo resto de nossas vidas. Mal sabíamos...

Casturbai fora criada para ser uma esposa hindu. Como todas as demais, desejava um lar, filhos, um marido que a protegesse (ela lhe daria amor, obediência e respeito em troca), uma casa... Mas andei por outros caminhos. E por amor àquilo que me parecia ser a verdade, causei muitos sofrimentos àqueles a quem os costumes me haviam ligado para sempre.

O outro fato, tristeza que não me abandona, me cobre de vergonha. Meu pai se encontrava muito doente. Todos os recursos médicos se haviam esgotado. Sabíamos que a hora fatal se aproximava. Naquele dia, meu tio, seu irmão, chegara apressadamente. Os dois se gostavam muito. Eram 10 ou 11 horas da noite. Eu me preparava para fazer as massagens que sempre fazia no meu pai. Mas meu pensamento se encontrava longe. Pensava na minha esposa e meu corpo queria o prazer. Quando meu tio me disse que fosse dormir e que ele cuidaria de meu pai, não me fiz de rogado. Cheguei ao meu quarto. Casturbai dormia profundamente. Eu a acordei. Mas, ao cabo de uns poucos minutos, o criado nos interrompeu:

— Venha depressa que seu pai está muito mal.

Pulei da cama e saí:

— Que houve? – perguntei.
— Seu pai não existe mais...

Tudo estava acabado. Meus últimos gestos eram irremediáveis. E meu pai já não estava vivo para ouvir meu pedido de perdão. Se a paixão bestial não me tivesse cegado, a morte o teria encontrado em meus braços. E a memória dos seus últimos momentos seria doce para mim. Aprendi, então, algo de que nunca mais me esqueci: coisa estranha, o corpo. Tão belo quando dominado pelo amor, tão vergonhoso quando possuído por suas próprias paixões...

Ao fim da minha adolescência, os mais experientes dentre nossos parentes e amigos sugeriram que seria muito bom se eu fosse para a Inglaterra estudar Direito. Minha mãe não gostou da ideia. Tinha medo de que o filho caçula não voltasse, medo de que ele se perdesse moralmente, medo de que ela não estivesse viva para recebê-lo de volta... Não sei. Mas o peso dos argumentos contrários era muito grande. E eu desejava ir. Finalmente, ela concordou, com uma condição: eu deveria fazer um tríplice voto, que haveria de me proteger. Assim, tive de prometer que não tocaria em vinho, não tocaria em mulher e não tocaria em carne. Cercado pelas precauções e pelas esperanças dos que me amavam, parti finalmente. Meu navio deixou o porto no dia 4 de setembro de 1888. Aquele que sempre morara nas montanhas sem as conhecer preparava-se para entrar nas planícies para, então, conhecer, de longe, aquilo que os olhos já não podiam ver.

Meus sentimentos eram confusos. Eu era um mocinho, nunca havia deixado a minha terra. Mas o fascínio era grande. Ia morar no mundo dos dominadores fortes, comedores de carne, que eu invejava e respeitava. Seus costumes deveriam ser superiores aos nossos. Se assim não fosse, como explicar que eles nos tivessem subjugado? Claro, eu deveria me formar em Direito, mas, lá no fundo, desejava tornar-me como um deles. Pretendia voltar como um *gentleman*...

Mas logo aquele menino desajeitado apareceu. Comecei a me sentir ridículo e a temer que os outros rissem de mim. Meu inglês era muito ruim e não chegava para manter uma conversa. Resolvi evitar as pessoas, temeroso de que elas falassem comigo. No refeitório, não sabia o que fazer com o garfo, a faca e a colher, pois nosso costume era comer com os dedos. E, quando vinha o cardápio, eu não tinha coragem de perguntar sobre os pratos que levavam carne. Solucionei o problema trancando-me na cabine e passando a comer os doces e as frutas que levava comigo. Durante a viagem, só usei um terno preto. Guardei o que me parecia mais elegante para o solene momento do desembarque. E foi trajando o meu terno de flanela branca que pisei o solo britânico. Mas logo me ruborizei de vergonha, ao perceber que eu era o único vestido daquela maneira. No hotel em que me hospedei, fui logo visitado pelo doutor Mehta, para quem trouxera uma carta de recomendação. Ele me recebeu calorosamente. Entusiasmei-me e, no meio da conversa, comecei distraidamente a brincar com o seu chapéu. Ele dirigiu um olhar sério, que me deteve. Mas compreendeu minha situação: eu nada sabia do mundo estranho ao qual acabara de chegar. E foi, então, que recebi dele a primeira lição de maneiras europeias:

– Não toque em nada que pertença a outro. Não faça perguntas às pessoas com quem se encontra pela primeira vez. Fale em voz baixa. Não diga "sim, senhor!" a toda hora e a todo mundo. Só os subordinados falam dessa maneira...

À medida que ele falava, comecei a sentir vergonha de mim mesmo e fui-me convencendo de que precisava tornar-me como um deles. Os ingleses haveriam de respeitar os indianos quando estes fossem capazes de falar e pensar e vestir-se e agir como eles...

Iniciou-se, então, a metamorfose: o indiano ridículo deveria transformar-se num inglês elegante. Gastei dez libras num terno comprado numa loja da rua mais elegante de Londres. Pensei que um chapéu alto e forrado me daria um ar de dignidade e adquiri um. Escrevi ao meu irmão pedindo que me enviasse uma corrente de ouro, para o meu relógio. Aprendi a fazer os nós de gravata. E como os meus cabelos fossem uma ofensa aos cabelos britânicos, lutava com eles todas as manhãs, durante cerca de dez minutos, com uma escova, a fim de obrigá-los a se assentar. Além disso, para aprimorar meus modos de *gentleman*, tomei aulas de dança, o que foi totalmente inútil, porque meu corpo nunca conseguiu seguir o ritmo. Mas não desisti. Pensei que a apreciação da música ocidental seria fundamental em minha nova condição, e que o caminho para isso seria a aprendizagem de um instrumento. Comprei um violino. E tomei lições de francês e de dicção.

Mas esses esforços não combinavam com os sentimentos que cresciam dentro de mim. Queria transformar-me num *gentleman* para não ser um ridículo e desajeitado indiano. Logo percebi que não pode existir nada mais ridículo que um indiano de chapéu alto e tomando lições de dança. Havia uma voz que falava mais alto: a voz da saudade. Ela me dizia que meu corpo podia estar na Inglaterra, mas as coisas que eu realmente amava estavam muito longe. Meu coração continuava na Índia. À noite, com frequência, lembrando-me das cenas da vida familiar, não conseguia conter as lágrimas. E não havia ninguém com quem pudesse compartilhar a minha tristeza. A saudade é algo mágico. Ela tem o poder de transformar coisas que antes eram banais e comuns em memórias de encanto: as pequenas vilas, o povo, o cheiro da terra molhada, os momentos das refeições, das preces, os rostos dos amigos. Tudo ficou belo e triste. Especialmente minha mãe. As coisas feias foram esquecidas. E a Índia se tornou, de repente, o nome para tudo aquilo que me era caro. De longe, descobri, pela primeira vez, o quanto a amava, o quanto a minha alma e o meu corpo estavam ligados a tudo aquilo de que me lembrava, com saudades...

Deixei de lado as coisas tolas a que me havia entregado. Passei a fazer coisas que tivessem um sentido novo, coisas que me repetissem que meu lugar não era ali. Descobri o gosto pelo diferente, pelo efêmero, pelo simples, pelo marginal... Como se agora eu encontrasse um certo prazer naquilo que poderia parecer ridículo. Fiquei sabendo que havia, em Londres, estudantes que viviam com grande simplicidade, um deles num quarteirão de casebres. Resolvi abandonar o apartamento em que vivia e me mudei para um quarto. Comprei um fogareiro e passei a fazer o meu desjejum e o meu jantar: aveia e chocolate. O almoço, tomava-o num restaurante vegetariano. Caminhava de 10 a 15 quilômetros por dia, hábito que conservei pelo resto de minha vida. Filiei-me à sociedade vegetariana e comecei a fazer pesquisas sobre a dieta ideal para uma vida longa, saudável e tranquila. Compreendi que é necessário comer para viver e não comer para ter prazer. Há prazeres que são doces na língua, mas amargos no corpo.

Além disso, recebi a minha primeira lição de humor, que me foi de valor inestimável. Foi uma bondosa senhora que me ensinou. Ela me havia recebido em sua casa, várias vezes, mas não tive coragem suficiente para dizer que era casado. E uma jovem que vivia com ela evidentemente pensava que eu fosse solteiro. Isso foi me fazendo mal, como se eu estivesse dizendo uma mentira. Resolvi, portanto, escrever-lhe uma carta contando tudo. Ela me respondeu de maneira generosa e amiga:

> Tenho em mãos a sua carta. Causou-nos alegria e rimos muito ao lê-la. Nós o esperamos sem falta no próximo domingo, na certeza de que nos fará a narração completa do seu casamento de criança e de que teremos prazer de rir à sua custa.

Aprendi, então, que a melhor maneira de afugentar o ridículo é ser o primeiro a rir.

E, por estranho que pareça, foi durante esses anos de saudade que vim a conhecer o *Bhagavad Gita*, poema religioso sânscrito que eu nunca havia lido nem em sânscrito nem em gujarati, minha própria língua. Estas palavras do segundo capítulo entraram fundo dentro de mim:

> Se o homem põe a sua atenção
> nos objetos dos sentidos,
> sente-se por eles atraído.
> Da atração, nasce o desejo;
> do desejo, a perturbação dos sentimentos;
> da perturbação dos sentimentos, o erro;
> do erro, a confusão do pensamento e a ruína da razão;
> e da ruína da razão nasce a morte.

Que livro precioso, início do aprendizado da verdade. Nas horas de abatimento, vida afora, foi sempre dele que me veio o auxílio.

Finalmente, passei nos exames. Chegaram ao fim os anos de exílio. A saudade iria reencontrar as coisas com que sonhara. Meu navio partiu no dia 12 de junho de 1891. Em breve, veria de novo a Índia. E reencontraria minha mãe.

Humilhações

Quando o navio atracou, eu não tinha ideia das tristezas que me esperavam. Primeiro, foi a minha mãe. Ela já não estava lá. Havia morrido.

Meu irmão escondera a notícia, para poupar-me de um sofrimento solitário, distante e desnecessário. É mais leve sofrer na companhia dos que nos são queridos. A morte de minha mãe foi experiência muito dura, porque eu morria de desejo de vê-la de novo. Sofri muito mais que por ocasião da morte do meu pai. Quase todas as minhas esperanças mais queridas estavam liquidadas. De repente, a Índia se transformou no lugar de uma ausência... Nunca mais...

Depois, o meu fracasso como advogado. Meu irmão me aguardava com grande ansiedade. Chegou mesmo a arranjar a casa, para que tivesse um ar inglês... Eu havia significado um pesado investimento e ele tinha ideias de riqueza, de renome, de celebridade. Já me imaginava como advogado, com uma numerosa clientela ao meu redor. Mas minha primeira experiência foi um desastre. Na hora de contrainterrogar a testemunha, minha cabeça ficou oca e minha impressão era a de que a sala toda estava rodando. Não fui capaz de fazer uma única pergunta. Assentei-me e pedi que um outro advogado que ali se encontrava assumisse o caso. Ele o fez e embolsou meus honorários. Saí do tribunal coberto de vergonha. Parecia que o mundo inteiro estava se rindo de mim. E quem seria louco, dali para a frente, de entregar uma causa a um advogado que não conseguia falar?

Depois, a sofrida descoberta de que a Índia com que eu sonhara era, realmente, um sonho... Quando a saudade é muita, a imaginação, para consolar-se, escolhe os fragmentos alegres e risonhos do passado. Tudo fica transfigurado, luminoso, puro. Foi isso que aconteceu comigo. Por três anos, me alimentara de lembranças que a imaginação escolhera e em que eu, ingenuamente, acreditara. Pensava que a Índia era daquele jeito. Chegara finalmente o momento da verdade. A tristeza. Agora, olhando para trás, percebo que a minha vida inteira foi um esforço para reencontrar a Índia com que sonhei, como se ela estivesse adormecida no meio daqueles cacos-fragmentos, sob o feitiço de algum espírito mau, e eu pudesse, com meus gestos poéticos, acordá-la do seu torpor. Naquele tempo, eu não percebia ainda, e muitas humilhações seriam necessárias para que compreendesse.

Eu sempre tivera o maior respeito pelo Império Britânico, nosso dominador. Tanto que desejei ser um *gentleman*... Mas nunca, na Índia, havia me encontrado face a face com um dos seus agentes. Acontece que meu irmão se viu diante de um sério problema. Foi acusado de conduta irresponsável quando ocupava um cargo público. Ele estava com medo e sabia que a questão, mais cedo ou mais tarde, iria parar nas mãos do tal agente do império, que, por acidente, eu conhecera pessoalmente durante meus anos de estudos na Inglaterra. Meu irmão pensou que tais relações poderiam ajudar. Eu não entendia essa lógica. Se meu irmão era inocente, de que valeria a minha intervenção? Ele abanou a cabeça, incrédulo de que alguém pudesse ser tão inocente: "Você não conhece esta terra. Aqui, só valem as relações".

Muito a contragosto fui fazer o que ele me pediu. O agente do império me recebeu e eu comecei a expor o caso, não sem antes lhe haver lembrado nossas relações cordiais, em outros tempos. Ele fechou a cara e ficou frio. Insisti. Ele acabou por perder a paciência e me disse: "Seu irmão é um intrigante. Não tenho tempo. Se ele deseja algo, que faça um requerimento. É só. Passe bem". Permaneci e continuei. Ele ficou furioso. E eu disse: "Por favor, peço-lhe que me ouça até o final". Ele ficou ainda mais furioso, chamou um guarda-costas e determinou que me acompanhasse até a porta. Hesitei por um momento. Mas o homem não hesitou: agarrou-me pelos ombros e me empurrou para fora da sala. Parti confuso, humilhado, espumando de raiva. E pensei logo em me vingar da violência sofrida. Processaria o tal agente do império. Mas um amigo mais experiente me mandou dizer: "Você chegou da Inglaterra com o sangue quente. Não conhece os funcionários britânicos. Se deseja sobreviver, engula o insulto". Achei o conselho amargo como veneno. Engoli o insulto. E aprendi. Não, não aprendi a engolir insultos. Aprendi muito sobre mim mesmo, sobre a Índia, sobre os seus dominadores. As ilusões ruíam, uma a uma. Eu estava infeliz e confuso, triste e sem esperanças...

Imagino que foram sentimentos semelhantes que fizeram com que meus irmãos indianos tivessem começado a deixar a sua terra, em busca de coisas melhores. Desde 1860, levas de trabalhadores viajavam para a África do Sul, a fim de ganhar a vida. Os dominadores eram os mesmos, tudo era parte do Império Britânico. E havia demanda de mão de obra nas plantações de cana-de-açúcar, café e chá, lugares que os negros africanos nativos detestavam. Por modestos que fossem os salários, aquilo ainda era melhor que nada. E havia sempre os comerciantes bem-sucedidos, que prosperavam e enriqueciam.

Foi uma dessas firmas bem-sucedidas que me convidou para trabalhar em seus escritórios. Eles não necessitavam de um advogado, mas simplesmente de um funcionário que falasse bem o inglês e fosse entendido em questões legais. A minha insatisfação me empurrava na direção da aventura. Já não tinha medo do desconhecido. E minha mãe estava morta. Só sentia por minha mulher e meus dois filhos, que deveriam ficar...

Parti. Abril de 1893. Cheguei ao meu destino, Porto Natal, também chamado Durban, pelos fins do mês de maio. Do navio mesmo, começou uma descoberta que cada vez mais me horrorizaria: nós, indianos, estávamos em busca de nossas esperanças. Mas os dominadores nos tratavam como se fôssemos animais.

Enquanto o navio atracava e eu olhava as pessoas subirem a bordo para receber os amigos, observei que não tinham muita consideração para com os indianos. Até mesmo meu patrão, comerciante rico, era tratado com desprezo. Tive a impressão de que ele estava acostumado a isso. No segundo dia após a minha chegada, ele me levou ao tribunal. O juiz olhou-me atentamente e pediu-me que tirasse o turbante. Recusei-me a fazê-lo e saí do tribunal. Notei depois que todos nós éramos tratados por um apelido pejorativo, nome que continha em si uma humilhação, um mau cheiro, uma sujeira. Éramos chamados daquela forma – *coolies* – para que soubéssemos que éramos inferiores e dominados. Foi por isso que não tirar o turbante se tornou questão tão importante para mim: questão de sobrevivência da dignidade e do respeito próprio. Debaixo do turbante, um corpo que não se curva... Mas minhas experiências iriam logo se tornar mais dolorosas. Foi numa viagem de trem de Durban para Pretória, para tratar de negócios da firma. Compraram-me um bilhete de primeira classe. Logo depois das nove horas da noite, apareceu um passageiro que me examinou de alto a baixo. Percebeu que eu era um "homem de cor". Ele não escondeu sua repugnância. Saiu e voltou com um funcionário:

— Seu lugar é na segunda classe. Siga-me.
— Mas eu tenho bilhete de primeira classe.
— Pouco importa. Já lhe disse que seu lugar é na segunda.
— Em Durban, me deixaram entrar neste compartimento. Ninguém me fará sair daqui – afirmei.
— Pois eu lhe digo o que vou fazer. Chamarei a polícia, que o tirará à força.
— Então chame a polícia. Não sairei voluntariamente.

Veio um policial. Segurou o meu braço e expulsou-me. Eu e minhas bagagens fomos jogados na plataforma. Recusei-me a entrar no vagão de segunda. O trem partiu sem mim. Passei a noite na estação, tiritando de frio, ruminando a humilhação e pensando em todos os outros que, a fim de ganhar a vida, tinham de engolir afrontas semelhantes. Teria eu de fazer o mesmo? Lembrei-me do agente britânico, na Índia. Fiquei a pensar que talvez o poder deformasse as pessoas. Como se a força as tornasse insensíveis à dignidade dos outros, especialmente à dos fracos. Os fracos, que poderiam fazer? Destruir os fortes? Nesse caso, passariam a ocupar o seu lugar, tornando-se igualmente arrogantes e insensíveis.

Poderiam os fracos afirmar a sua dignidade sem se perder, em meio à sua própria luta?

Depois, foi numa viagem de diligência, de Charlestown para Standerton. Os passageiros se acomodaram nos seus lugares. O branco, responsável pelo veículo, julgando-me um *coolie*, estrangeiro, de cor, determinou que eu não me misturasse com os europeus. Colocou-me num assento fora da diligência. Engoli a injustiça sem nada dizer. Três horas depois, o tal branco, a quem os outros tratavam por "chefe", teve vontade de fumar. Saiu de dentro da diligência, onde viajava, determinou que eu me sentasse no estribo, para que ele pudesse sentar-se onde eu me encontrava. A afronta ultrapassara todos os limites. Tremendo de medo e de cólera, eu lhe disse que não sairia, a não ser que fosse para me sentar dentro da diligência, o que era meu direito. Transtornado de ódio, ele pulou sobre mim e deu-me várias bofetadas, com toda violência. Aí, tentou arrancar-me do meu lugar. Mas eu me agarrei com todas as forças, decidido a não me deixar arrastar, ainda que minhas mãos se quebrassem. Ele só parou porque os passageiros tiveram pena de mim e interferiram. Meu coração batia furiosamente e eu me perguntava se chegaria vivo ao meu destino.

A cada humilhação, crescia a minha teimosia. Eu aprendera que a vida até mesmo de um simples inseto é sagrada e digna de respeito. Nada me demoveria dessa reverência pela vida.

Aquilo que me faltara na Índia surgia agora: uma causa por que viver. Há gestos simbólicos que fazem brotar sorrisos. Há outros que provocam a teimosia, a tenacidade, o desejo de lutar até as últimas consequências, ainda que seja a morte. O que estava em jogo não era eu apenas. Eram meus irmãos indianos. Era a própria Índia, humilhada. E, sobretudo, a voz íntima da verdade...

Mas outras humilhações me aguardavam. Logo a seguir, aprendi que eu, um *coolie* de cor, não tinha o direito de hospedar-me num hotel. Depois, a proibição, imposta a todos como eu, de não andar nas calçadas ao lado dos brancos, como se fôssemos portadores de alguma doença contagiosa e malcheirosa... Os outros nos olhavam com asco e com cólera. E ainda o fato de não termos permissão de andar pelas ruas ou mesmo sair de casa após as nove horas da noite, sem uma autorização especial, que só a polícia poderia dar, a seu bel-prazer. Estávamos nas mãos da polícia, que tinha todo o poder para dizer "sim" ou "não".

Depois, aquele homem. Não me esqueci do seu nome: Balasundaram. Mas, antes de contar a estória, é preciso explicar um pouco mais. O tempo havia passado. Eu me havia envolvido no sofrimento dos indianos e, de alguma forma, coisas que fiz e palavras que disse contribuíram para que eles percebessem a humilhação em que viviam e compreendessem que a sua vida – como toda vida – é sagrada, e se levantassem, com esperança. Por todos os lados, havia uma agitação, expressão de que muita coisa que dormia dentro das pessoas havia acordado. Chegamos mesmo a fundar uma organização pública de caráter permanente, que teria a função de exprimir nossos anseios e organizar nossa ação. Foi assim que o meu nome começou a correr de boca em boca e meus conhecimentos de Direito começaram a me valer. Nem é necessário dizer que a antiga timidez evaporara: o sofrimento e o amor são capazes de abrir a boca dos mudos... Os humilhados vinham a mim contar as injustiças que lhes faziam. Foi assim que Balasundaram apareceu no meu escritório.

Esfarrapado, chapéu na mão, dois dentes da frente quebrados, a boca em sangue, trêmulo, chorando. Agredido brutalmente pelo patrão. Eu não entendia a sua língua, pois há muitas na Índia. Ele falava tâmil, e foi necessário que meu empregado traduzisse o que ele dizia. Balasundaram trabalhava sob contrato para um europeu muito conhecido. O patrão, num ataque de cólera, espancara-o violentamente, a ponto de lhe quebrar os dentes.

Como já disse, Balasundaram entrara no meu escritório de chapéu na mão. Esse é um detalhe aparentemente insignificante. Mas já lhes contei do incidente com o turbante. Já se havia imposto a todos os trabalhadores contratados e a todos os estrangeiros de origem indiana o hábito de tirar o chapéu na presença de um europeu – fosse gorro, turbante ou faixa enrolada na cabeça. Nenhum outro sinal de respeito era suficiente. Assim, o detalhe insignificante era prova da humilhação que já havia entrado dentro do corpo daquele homem. Balasundaram pensara que deveria obedecer ao costume, mesmo diante de mim, filho da mesma Índia. Esse gesto me humilhou. Pedi que ele tornasse a enrolar a sua faixa. Depois de certa hesitação, ele o fez. E a sua fisionomia iluminou-se de alegria. Compreendem agora o que eu queria dizer ao me referir ao poder dos gestos?

Nunca pude entender como é que alguém pode sentir-se honrado vendo um irmão humilhar-se diante dele. Alguma coisa terrível deve ter acontecido com os seus sentimentos, enterrado a bondade em buracos muito fundos, dos quais é difícil sair. Talvez seja isso que a riqueza e o poder fazem com as pessoas. E foi por isso que o meu coração se inclinou para os pobres. Dava-me alegria misturar-me com eles. Participando da sua humilhação, pude ver melhor. E não será verdade que é sempre assim? O sofrimento prepara a alma para a visão de coisas novas. Sofrendo, os olhos ficam diferentes. E, coisa interessante, quanto mais próximo da humilhação dos pobres eu me encontrava, tanto mais perto de Deus eu me sentia. Como se fosse ali, onde a vida aparece desarmada e indefesa, nada tendo em suas mãos além do desejo de viver, que ela viceja mais bela... Já a morte cresce ao lado da riqueza e das armas...

Por três anos, eu lutei. Os brancos tinham medo. Do medo, nasciam seus preconceitos. E dos preconceitos, vinha a violência. Os indianos tinham medo também. Só que seu medo os tornava covardes. Todos tiravam o turbante, desciam da calçada, sentavam-se no estribo, viajavam de terceira. Tentei reacender o seu senso de dignidade. E quando começaram a caminhar de pé, mais atemorizados ficaram os europeus... Resolvi que era tempo de voltar à Índia. Já fazia muito que estava longe de Casturbai e dos meus filhos Harilal e Manilal. Que pai é esse que fica tanto tempo longe? Regressei à minha Índia em 1896. E lá, o que fiz foi contar das humilhações e das lutas dos indianos na África do Sul. Na minha volta, a natureza lançou um sinal de advertência. Enfrentamos uma tempestade tão violenta e tão longa que todos pensaram que o navio afundaria. Todos faziam suas preces, esqueciam suas diferenças e oravam a um único Deus – muçulmanos, hindus, cristãos... Diante da morte, todos se tornam irmãos... Até mesmo o capitão. Mas a verdadeira tempestade chegou quando o navio atracou. A população branca estava enfurecida. Eu já lhes havia causado bastantes problemas no passado. Depois, a imprensa se havia encarregado de deturpar aquilo que eu havia dito na Índia sobre a África do Sul. E eles pensavam que eu voltava como um verdadeiro invasor, trazendo comigo centenas de indianos para continuar a luta. Tudo indicava que estavam decididos a me matar. Um alto funcionário do governo mandou dizer-me que eu só deveria desembarcar durante a noite, no escuro. Mas isso era muito vergonhoso e humilhante. Entrar como ladrão... Resolvi correr o risco, com um amigo. Minha mulher e filhos foram num carro separado, para sua proteção. Eu e Mr. Laughton fomos a pé. Mal pusemos o pé no cais, alguns jovens me reconheceram e se puseram a gritar: "Gandhi! Gandhi!". Continuamos a avançar, enquanto a multidão crescia. Até que ficamos impossibilitados de dar um passo. Os homens ignoraram o meu amigo e se concentraram em mim. Aí, jogaram-me pedras, pedaços de tijolo, ovos podres. Alguém me arrancou o turbante. Outros começaram a me dar murros e pontapés. Agarrei-me à grade de ferro de uma casa, para tomar fôlego. Mas não adiantou. Caíram sobre mim. Choviam golpes e bofetadas. Foi o acaso que me salvou. A esposa do chefe de polícia, minha conhecida, passou ali. Ela avançou, abriu a sua sombrinha como se fosse um escudo e colocou-se entre mim e a multidão enlouquecida. Isso lhes tirou a coragem. Afinal, sua educação lhes dizia que, se era justo linchar um *coolie*, era falta de cavalheirismo ferir uma mulher. Isso, é claro, aliado ao seu medo da vingança policial.

Teria sido muito mais seguro aceitar as humilhações em silêncio. Haveria vergonha, mas o corpo correria menos riscos. Mas eu nunca acreditei que a sobrevivência fosse um valor último. A vida, para ser bela, deve estar cercada de verdade, de bondade, de liberdade. Essas são coisas pelas quais vale a pena morrer. Era porque eu amava a vida, e a amava com muita intensidade, que eu me arriscava a andar bem próximo da morte... E assim fui vivendo, próximo da morte, porque gostava de viver.

Satyagraha

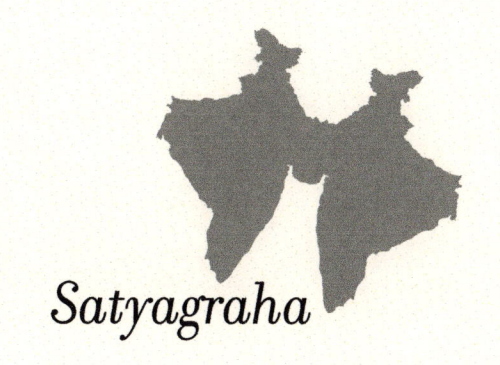

Escrevi uma prece muito simples, que sempre fiz pela manhã, durante minhas orações. Eu a repetia como um voto, promessa que me obrigava a cumprir. É assim:

>Não terei medo de ninguém sobre a terra.
>Temerei apenas a Deus.
>Não terei má vontade para com ninguém.
>Não aceitarei injustiças de ninguém.
>Vencerei a mentira pela verdade,
>e na minha resistência à mentira
>aceitarei qualquer tipo de sofrimento.

Aí está o meu caminho, resultado de uma longa busca, em meio às humilhações. Ah! Como o corpo clama por vingança, depois da afronta. Senti o seu fascínio, quando a cólera brotava dentro de mim. Mas era nessas horas que eu ouvia as palavras do *Bhagavad Gita*:

Da perturbação dos sentimentos, vem o erro;
do erro, a ruína da razão;
da ruína da razão, nasce a morte.

Você se lembra?

A vingança é doce por um momento, mas seu fim é amargo. Acontece que eu desejava a vida.

Quanto tempo se leva para cortar uma árvore? Uns poucos minutos e tudo está terminado. Mas, para sentar à sombra da árvore que se está plantando, muito tempo terá de passar. Terá de haver uma longa espera, e paciência. É sempre assim. Os caminhos da morte são mais rápidos. Por eles, andam os que têm pressa. Já os caminhos da vida são vagarosos. É preciso caminhar na esperança... Matar o inimigo é muito fácil. Mas transformá-lo num amigo é coisa difícil e incerta, que requer muita coragem. Posso, pela intimidação, obrigar que os outros me deixem andar na mesma calçada, viajar no mesmo trem, hospedar-me no mesmo hotel. Mas ela nada pode fazer com os olhos. Lá ficam eles, duros e maus, cheios de ódio, à espreita, na emboscada, aguardando o momento da vingança. Eu não queria vitórias como essas, que misturam o ódio ao ar que se respira. Daí, a minha prece.

Procurei muito. Desejava encontrar o caminho da verdade. Fui em busca de outros que tivessem tido luta que se parecesse com a minha. Escutei, para ver se ouviria vozes que confirmassem aquilo que ouvia dentro de mim. Não me esquecia nunca de Raicham. Era um poeta a quem aprendi a amar. Sua pureza, sua transparência, seu desejo de ver Deus face a face me vinham sempre à memória. Quase o chamei de guru, meu guia. Como gostaria de me parecer com ele! Depois Tolstoi e Ruskin, em quem encontrei eco para meus ideais de vida simples, próxima da terra, atenta à voz interior, resistente às intromissões do Estado. E descobri, na leitura do *Novo Testamento*, as palavras de Jesus: "Bem-aventurados os mansos", "Se alguém te ferir na face direita, oferece-lhe também a outra", "Não acumuleis tesouros na terra, porque onde estiver o vosso tesouro, aí também estará o vosso coração", "Não resistais ao que é mau"...

Um caminho foi se mostrando.

Não poderíamos fazer uso da violência. Isso trairia nossas convicções mais profundas. Acreditávamos que toda a vida é sagrada, porque tudo o que vive participa de Deus. E se até mesmo o mais insignificante grilo, no seu cri-cri rítmico, é um pulsar da divindade, não teríamos nós, com muito mais razão, de ter respeito igual pelos nossos inimigos?

Teríamos de marchar de mãos vazias, indefesos.

Muitos nos consideravam loucos e fanáticos. Caminhávamos no sentido contrário de tudo e de todos. E, num mundo de fugitivos, aqueles que caminham na direção inversa parecem estar fugindo...

Foi isso que o Ocidente nos ensinou: que a violência é eficaz. E nos ensinou também que as pessoas são coisas brutas, selvagens, insensíveis à verdade, feras que só escondem suas garras ante a ameaça da dor, e que só se aliam umas às outras quando concordam nos mesmos desejos baixos, como o preconceito e a ganância. Não é precisamente essa a lição dos cassetetes dos policiais e das armas dos exércitos? Não creem que os homens sejam belos e bons. E o mais triste é que seus gestos de violência acabam por trazer à tona os sentimentos violentos que se escondem neles e em suas vítimas. Gestos de morte invocam a morte.

Acontece que creio em Deus. Deus é vida, generosa e mansa, *ahimsa*, presente em tudo que vive. Teríamos de andar em sentido contrário. Confiar, quando todos desconfiavam. Olhar para os fragmentos de bondade, quando todos olhavam para as evidências da maldade.

Esse caminho que buscávamos, alguns o apelidaram de "resistência passiva". Mas nada estava mais longe do nosso espírito que a ideia de passividade. Será que o rio, por não revidar, é passivo? Coisa estranha: não dispúnhamos de nem uma só palavra para exprimir nossa busca. Até que uma nova palavra foi inventada por um de nós: *satyagraha*. Ela é composta de duas outras: *sat*, que significa "verdade", e *agraha*, que quer dizer "firmeza". "É isso aí", todos dissemos. Só queríamos ser obstinadamente firmes na verdade que a voz interior nos segredava. E se me pedissem para contar, com uma só palavra, minha vida na África do Sul, seria isto que eu diria: *satyagraha*!

Sei que estão impacientes. Falei demais. E vocês querem ver essas coisas sobre as quais falei. É muito simples. Tudo começa no trato com os indivíduos. Prometi que não teria má vontade para com ninguém. É que eu estava convencido de que os indivíduos, mesmo os que nos agrediam, eram inocentes. Eles eram vítimas igualmente do medo, dos preconceitos que lhes haviam sido incutidos, da ansiedade pela riqueza. Você já notou como as pessoas ficam irracionais no meio da multidão enraivecida? Viram verdadeiras feras. Mas, quando estão sozinhas, são capazes de sentimentos ternos e chegam a brincar com os velhos e as crianças. Enganamo-nos quando confundimos as pessoas com os seus atos. Ninguém é idêntico àquilo que faz. É só isso que nos permite odiar o pecado e amar o pecador. Meu pai, chorando, com a minha confissão nas mãos. Como ele deve ter odiado as coisas indignas que fiz. Mas me amou como nunca... Ele compreendia que eu não era o roubo que havia cometido... Logo depois que a multidão tentou me matar, ao desembarcar do navio, o secretário de Estado britânico, informado do ocorrido, determinou de Londres que as autoridades locais processassem os atacantes. Para isso, seria necessário que eu apresentasse uma queixa formal. E isso me teria sido fácil, porque conhecia muitos deles. Mas me recusei a aprovar tal medida. Poderia triunfar e humilhá-los. Mas esse não era o meu desejo. Queria que compreendessem que em nós há sentimentos generosos. Nada fiz. Nada fiz? Claro que fiz. Um gesto que disse algo... Disse que eles eram diferentes do seu ato vil.

O clima estava tenso. O governo tinha medo, e também a população branca. Sua situação era difícil. Precisavam do nosso trabalho, porque ele os enriquecia, mas detestavam nossa presença. Foi por isso que sempre tentaram nos manter a distância, segregados, agachados de medo. Quando os indianos começaram a se levantar, o medo dos brancos aumentou. E pensaram então que o remédio para isso seria aumentar o terror, para que nos agachássemos de novo.

Os mais pobres, entre os indianos, eram aqueles que vinham trabalhar sob contrato, por um período de tempo definido. Terminado o contrato, tinham de voltar. Acontece que, com frequência, deitavam raízes na nova terra. Voltar para a Índia, para começar tudo de novo, da estaca zero, seria muito penoso. E iam ficando...

O governo resolveu, então, acabar com essa presença incômoda. Decretou que os que ficassem teriam de pagar um pesado imposto, impossível para os pobres. Incapazes de pagar, teriam de deixar o país.

Depois, veio a lei que exigia que todos os homens, mulheres e crianças indianas com mais de oito anos de idade fossem fichados, suas impressões digitais tomadas, para controle oficial. Quem não se submetesse seria multado, preso ou deportado.

Também não podíamos viajar como os brancos. Ficávamos confinados às províncias onde vivíamos. Cruzar a fronteira da província do Transvaal era crime que terminava na prisão.

E, por fim, a humilhação desnecessária, a mais indigna de todas. Foi decretado que somente seriam válidos os casamentos cristãos. Casturbai, horrorizada, viu-se reduzida à condição de concubina. E, com ela, todas as esposas indianas, muçulmanas e parses.

A mão do opressor nos apertava. Já não aguentávamos tanta humilhação. Fizemos um comício no Teatro Imperial de Johannesburgo. Éramos cerca de 3 mil, havia um clima de vingança no ar. Todos concordamos em que seria preferível morrer a permitir que o governo continuasse a nos aviltar daquela maneira. Diríamos a nossa verdade. Não temeríamos ninguém e não aceitaríamos injustiça de ninguém.

O que fazer? Dizer *não* à lei que nos humilhava. Todos desobedeceríamos à lei do registro compulsório. Isso parece estranho? As leis que exprimem a vontade dos fortes, terão elas, por acaso, o direito de permanecer? Para que a lei seja legítima, é necessário que receba a aprovação da voz interior. E em todos nós havia um "não" unânime.

Lembro-me de outra ocasião. A peste negra estourara numa das minas de ouro. Ali, quase todos os trabalhadores eram negros. Dos poucos indianos, 23 voltaram para suas casas, doentes, para morrer. Não havia isolamento. Se ficassem com suas famílias, a epidemia se espalharia. Foi então que Mandanjit, meu companheiro, ousou quebrar a lei. Encontrou uma casa vazia, arrebentou a fechadura; apossou-se dela e transformou-a numa enfermaria. Quando a morte está rondando, os direitos de propriedade perdem o sentido. A lei tinha de ser quebrada. Mas agora já não lidávamos com a peste negra. A peste era outra, doença do espírito.

Quebramos a lei. Não tivemos medo de ninguém. Fui preso. As autoridades pensaram que isso enfraqueceria o nosso ânimo. Ao contrário. A prisão é bela quando se luta pela verdade. Lembrei-me das palavras do *Novo Testamento*: "Bem-aventurados os perseguidos por causa da justiça...". Nada se alterou com a minha prisão. O governo resolveu, então, mudar de tática. Levaram-me, em roupa de presidiário, à presença do general Smuts. Ele me prometeu que a lei que humilhava seria revogada se os indianos se registrassem voluntariamente, apenas para cumprir uma necessidade administrativa. Achei que isso era viável. Livremente, sem coação, estaríamos prontos a cooperar. Fui solto. Para mim, adepto da *satyagraha*, era importante demonstrar confiança na palavra do adversário. Para que ele soubesse, por esse gesto, que eu acreditava que havia coisas boas na sua pessoa. Por exemplo, que sua palavra era honrada. Era preciso que se formasse um clima amigo, laços de intimidade e de clara honestidade. E cabia a mim fazer o primeiro gesto... Mas, e se ele não cumprisse sua palavra? E se aquilo fosse apenas um ardil? Preferi correr o risco. E comigo muitos irmãos que em nós confiavam. Registramo-nos. E fomos enganados. O general não cumpriu a sua palavra. E assim como eu fizera o gesto de confiança, era agora compelido a cumprir o que a verdade me determinava. Juntamente com mais 2 mil indianos, jogamos os nossos certificados de registro dentro de um caldeirão de parafina fervente, num ato público de protesto. Era isso que fazíamos com as leis injustas do governo.

A força da lei injusta está em que ela amedronta. Amedrontados, os homens se separam, cada um por si, tentando a sobrevivência. E, separados, são subjugados. Mas quando os homens, movidos pela voz da verdade e pela pureza do coração, se dão as mãos, a injustiça perece. Resolvemos, uma vez mais, colocar os nossos corpos justo ali, onde o opressor era mais violento. Haviam nos proibido passar a fronteira para o Transvaal. Praticaríamos o ato interditado. Um após o outro, da mesma forma como aconteceria mais tarde, nas colinas de Darsana, fomos para a fronteira. Pacificamente. Sabendo que seríamos presos. Com eles, o meu filho mais velho, Harilal. E eu. Pela verdade, aceitaríamos qualquer tipo de sofrimento. Três meses de prisão. Para que eles soubessem que éramos mansos e não precisavam temer-nos. E que éramos duros e teimosos e não nos curvaríamos pelo medo. Alguns receberam oito sentenças, porque bastava que terminassem uma pena, para que de novo desafiassem a lei...

O tempo passou. A luta continuou. Juntaram-se as mulheres. As da nossa província, Natal, foram presas. No Transvaal, entretanto, fizeram outra coisa. Dirigiram-se para as minas de carvão e sublevaram os mineiros indianos. Entraram em greve. Quando o patrão humilha o corpo do seu empregado, é justo que ele se recuse a cooperar. Não se trata de violência. Nem um só gesto que ferisse, que machucasse... Apenas a mansa recusa de emprestar o próprio corpo para a perpetuação da injustiça. Os patrões contra-atacaram. Cortaram a água e a luz das casas da companhia, onde moravam os mineiros. Ali, estavam totalmente vulneráveis. Armamos um acampamento ao ar livre, cerca de 5 mil indianos. Mas o que fazer para alimentar tal multidão? Os patrões podiam matar-nos de fome. Resolvemos todos quebrar mais uma vez a lei que proibia passar a fronteira. Seríamos todos presos. Teríamos, assim, casa, água e comida. Estranho que a punição da lei possa, às vezes, ser mais suave que o ódio dos patrões. O governo, percebendo a manobra, não prendeu os infratores... Resolvemos então empreender uma longa caminhada com esse "exército de paz" até a fazenda Tolstoi, lugar que, desde o início da luta, havíamos preparado como abrigo para os familiares daqueles que estivessem nas prisões. Seriam 240 quilômetros para percorrer em oito dias: homens, mulheres, crianças. Fui preso na primeira noite, e posto em liberdade. Preso na segunda noite, e libertado de novo. Preso na quarta noite. E fiquei. Mas a marcha continuou. A meio caminho, a polícia cercou os caminhantes e os embarcou à força em trens já preparados, que os conduziriam de novo às minas, onde ficariam encerrados em verdadeiros campos de concentração, cercados de arame farpado e vigiados por guardas armados. Mas, ainda assim, eles se recusaram a cooperar com a injustiça. Não desceram às minas. Eram mais de 50 mil em greve, sem falar nos que estavam presos. Sem saber o que fazer, consciente de que as ameaças e o medo já não funcionavam, o governo me libertou e libertou meus companheiros de luta, Polak e Kallenbach. Esperavam, talvez, que isso acalmasse os ânimos. Ao mesmo tempo, a fim de apaziguar a indignação de Londres, o centro do império, nomeou-se uma comissão encarregada de apurar as queixas dos indianos. Só que nenhum de nós, vítimas, se fazia representar. Pedi que a comissão fosse aumentada, a fim de que houvesse justiça. Mas antevi um novo e longo período de lutas. Foi então que o meu coração me compeliu a um novo gesto. Até então, me vestira como respeitável cidadão do mundo ocidental. Numa reunião que tivemos, uma multidão, compareci vestido com uma blusa de mulher e um lençol enrolado em meu corpo. Era preciso que nos separássemos dos opressores nos mínimos detalhes. Nunca mais usei roupas ocidentais.

Que eles soubessem que éramos nós mesmos e que assim desejávamos permanecer. Planejamos então uma nova marcha, uma nova quebra da lei, para que fôssemos de novo jogados na prisão.

Foi aí que aconteceu um acidente, coisa não planejada, que mudou o rumo de tudo. Com a marcha já organizada, os empregados brancos de todas as estradas de ferro se declararam em greve. Qualquer político teria sorrido ante golpe tão feliz da sorte. Dois exércitos são sempre mais fortes que um. O inimigo seria quebrado ao meio. Mas a *satyagraha* me disse coisas diferentes. Que não seria justo valer-nos da fraqueza do oponente. Não desejávamos derrotá-lo e humilhá-lo. Queríamos que ele sentisse a justiça da nossa causa e aprendesse a respeitar-nos como seres humanos. Cancelei a marcha, para espanto de todos... Mas foi justamente isso que mudou tudo. Sentiram que havia grandeza e bondade no coração dos indianos, mesmo para com aqueles que os humilhavam. E foi então que o governo me convidou para uma conferência.

Não conseguimos tudo o que desejávamos. Mas os impostos que pesavam sobre os trabalhadores indianos que não haviam regressado à Índia ao final do seu contrato foram revogados. Nossos casamentos foram reconhecidos, em pé de igualdade com os cristãos. E, o que é mais importante, já não andávamos agachados e humilhados. Eles nos viam com novos olhos. Nós nos víamos com olhos novos.

Poderão dizer que os caminhos que escolhemos são lentos, os frutos tardam e quando amadurecem são poucos. Dirão que o mundo não é *satyagraha*, que a realidade é outra... Eu só posso responder: se assim não for, valerá a pena viver? Quem poderá ter paz de espírito num mundo em que a violência tem sempre a última palavra? Creio em Deus. E isso me garante que não pode existir nenhum desejo do coração que, sendo puro em sua impaciência, não venha, um dia, a ser atendido. Tenho paciência. Esperarei por esse dia...

Um colar

De repente, meus pensamentos ficaram confusos. Lembrei-me de um sonho que me deu grande ansiedade e me fez acordar com o coração disparado. Só me tranquilizei quando ouvi o ressonar de Casturbai...

Sonhei que estava voltando de Londres. Era o único no navio. Alguém anunciou que havíamos chegado à Índia. Olhei e vi um cais totalmente vazio, se não fosse uma única pessoa: minha mãe. Ela me acenou com um sorriso muito meigo. Desci os degraus que iam do navio até o cais. Lembro-me de que eram sete. Fui então até minha mãe, tomei a corrente de ouro do meu relógio e lhe dei. "Tome" – eu disse. "É um presente, para ser usado como um colar". Então, perguntei por Casturbai e Harilal. Ela ficou muito séria e respondeu:

— Então, seu irmão não lhe contou? Eles estão viajando...

Despertei nesse ponto, angustiado.

Que eu me lembre, nunca dei colar algum à minha mãe. Ao contrário, foi ela que me deu um, o colar vishnuíta, feito de *tulasi*, o manjericão. Manjericão é planta perfumada e sagrada, que se guarda em casa. Suas folhas são usadas nas oferendas rituais e com a madeira do seu caule se fazem colares. Nunca me separei dele, especialmente depois da morte de minha mãe. Lembro-me de que esse colar foi motivo de uma delicada discussão com um cristão, Mr. Coates, que queria me converter a todo custo. Viu o colar no meu pescoço e tomou-o logo como sinal de crendice:

— Essa espécie de superstição não lhe fica bem. Vamos! Deixe que eu o destrua...
— De forma alguma. Este colar foi minha mãe que me deu, e ele é sagrado.
— Mas você acredita nele?
— Não compreendo o seu sentido misterioso. Não acredito que, se não o usar, alguma desgraça me aconteça. Mas não posso, sem boas razões, desprezar um colar que me foi posto no pescoço por minha mãe, como um sinal de ternura e na esperança de que ele me traria felicidade. Quando ele ficar velho, a linha arrebentar e a madeira acabar, nada colocarei em seu lugar. Nenhum ornamento encobrirá a ausência daquilo que minha mãe me deu. Nada o substituirá. Mas como poderia eu deliberadamente destruí-lo, o colar que é testemunho dos bons desejos de minha mãe, que me acompanharam mesmo depois de sua morte?

Colar de *tulasi*... Lembro-me de outra coisa, memória de juventude. Meu pai usava um no dia de sua morte. Eu estava no meu quarto, com Casturbai. Já lhes contei sobre a minha vergonha. Quando ele percebeu que o fim se aproximava rapidamente, pediu pena e papel, por meio de um gesto, e escreveu para o meu tio:

— Esteja preparado para os últimos ritos.

Depois, arrancou do braço o amuleto e do pescoço o colar de manjericão, jogando-os para longe. Em nossa religião, tudo que toca um morto fica impuro, e deve ser dado àquele que oficia os rituais fúnebres, na cerimônia da cremação do corpo. Meu pai queria que nós herdássemos o seu amuleto e o seu colar. Pensou em nós, no seu último momento. Mas eu estava pensando em prazer...

Ah! Colar que me faz lembrar o amor de minha mãe para comigo e a minha ausência na morte de meu pai. Sinto-me culpado. Eu nunca mais poderia encarnar a lealdade de Shravana e Harischandra, que me fizera chorar tantas vezes, quando menino.

Já ia me esquecendo. O sonho fez meus pensamentos voarem por memórias que me pareciam enterradas. Vou retomar o relato... Coisa curiosa foi a noite em que tive o sonho. Durante o dia, tive uma penosa experiência com Casturbai.

Era o momento da despedida. Preparávamo-nos para voltar à Índia. Nossos amigos, que ficavam na África do Sul, resolveram demonstrar o seu carinho. Encheram-nos de presentes. Entre eles, havia joias, peças de prata, ouro e mesmo brilhantes. E um colar de ouro, especialmente para minha mulher. Acontece que eu não queria nada daquilo. Achava que aquelas coisas não combinavam com o estilo de vida pobre e despojado que eu havia adotado. Eu queria dá-los para a causa por que lutara durante tanto tempo. Casturbai se entristeceu:

– Sei que você não precisa de joias. E nossos filhos também não. Eles já aprenderam a aceitar as suas opiniões. Compreendo também que você possa ter boas razões para não querer que eu as use. Mas eu gostaria de, um dia, poder dá-las de presente às minhas noras. Elas ficariam felizes. E quem sabe o que nos espera amanhã? Não, eu não quero que você dê estas joias. Quero ficar com elas.

Mas eu já me havia decidido. Tivemos, então, uma longa discussão, em que ela não pôde esconder a sua amargura:

– Tenho sofrido, e dia e noite o tenho servido, como se fosse uma escrava. Fui forçada a aceitar coisas e pessoas que me eram desagradáveis. Será que as lágrimas de tristeza que derramei por sua causa não foram suficientes? Não bastou eu me haver reduzido à condição de criada de todos?

Casturbai sabia muito bem o que estava dizendo. Ela me recriminava por humilhação antiga que lhe impusera. Mas eu estava irredutível. Doei todas as joias para um fundo que deveria ser usado em benefício da comunidade dos trabalhadores indianos que ficavam.

Não é curioso isso? Que eu tenha sonhado justamente naquela noite... De dia, neguei um colar de ouro a Casturbai. À noite, meus sonhos me fizeram dar um colar de ouro à minha mãe. E, no sonho, minha mulher e meu filho não estavam...

– Então, seu irmão não lhe contou? Eles estão viajando...

É verdade que meu irmão deixara de me contar algo. Para me poupar sofrimentos, não me informara da morte de minha mãe. Vocês já sabem disso. Mas o sonho invertia tudo, mudava os fatos. Minha mãe aparecia viva, e o meu irmão, como o fizera antes, continuava a deixar de me contar algo. Só que não era mais com a minha mãe. Era sobre a viagem da minha mulher e do meu filho... Foi então que acordei com grande angústia.

Tenho a impressão de que há muitas coisas que não vejo com clareza. Não compreendo bem os sentimentos de Casturbai e dos meus filhos, Harilal em particular. Mas é necessário começar das raízes. O casamento, por exemplo...

Sempre achei um crime aquilo que se faz com crianças em meu país, casando-as antes que elas saibam o que estão fazendo. Isso é especialmente penoso para a mulher: ela permanece ignorante e é o marido, praticamente, o único a ter uma oportunidade de educação. Ficam, então, separados por um abismo, moram em mundos diferentes. E o marido transforma-se no mestre da esposa. A mulher não tem escolha. Sua religião a obriga a uma obediência total. O marido, por sua vez, pensa ser o dono da sua esposa, que deve agradá-lo e adulá-lo o tempo todo.

Quando nos mudamos para a África do Sul, tive de pensar em tudo: a roupa que lhes seria mais adequada em sua nova terra, o regime alimentar que deveriam seguir, as maneiras que seriam próprias no novo ambiente. Naquela época, eu ainda tinha certos ideais europeus. Obriguei-os, portanto, a usar sapatos. Foi um sofrimento. Os sapatos apertavam, faziam calos e bolhas, as meias ficavam ensopadas de suor e o resultado era que os dedos ficavam em carne viva.

Impus sapatos apertados à minha família. Às vezes, me pergunto, em silêncio, se eles não me sentiram como se eu fosse um sapato apertado... Harilal, por exemplo, nunca me perdoou. Ele me recriminava e eu o recriminava. Seus traços de caráter me pareciam deploráveis. E ele me acusava... Achava que, com os meus dons, poderia ter seguido uma carreira política, sem trair meus ideais de servir aos pobres. Não fiz isso e, além do mais, arrastei-os por caminhos que não haviam sido uma escolha sua. Eles nunca tiveram uma educação normal, como todos os demais meninos. Eu, ao contrário, havia tido as melhores oportunidades. Vivi e me formei na Inglaterra. Por que razão deveriam eles ter só a mim como professor, nas horas vagas, dando as lições durante minhas caminhadas? Quando Harilal me acusava, eu tinha a nítida impressão de ver nos seus olhos os olhos de sua mãe. Como se eles fossem cúmplices. Mas o sonho me perguntou se eu teria o direito de me queixar... Porque lá parece que eu sou cúmplice de minha mãe. Casturbai nunca traiu o ideal da esposa hindu. Foi uma fiel companheira, anelando nas minhas pegadas. Mas eu percebia no seu rosto uma queixa silenciosa, como se ela estivesse dizendo que as coisas poderiam ser mais fáceis se eu fosse menos teimoso, se pensasse mais na família...

Eu lhes disse de uma humilhação antiga de que ela não se esquecera. Vou lhes contar. Minha casa, na África do Sul, era uma verdadeira pensão. Lá moravam os empregados do meu escritório. Entre eles, havia um descendente de uma família pária, de intocáveis.

No Ocidente, não se entende o que seja isto: ser um intocável. Eles constituem um grupo de pessoas, na Índia, que a sociedade tradicionalmente segregou e estigmatizou como seres imundos, mais repelentes que portadores de moléstias contagiosas. Até a sua sombra causa nojo e é por isso que devem ficar longe de todos, não lhes sendo permitido nem mesmo se valer das mesmas fontes de água que os outros usam. Se eles as usassem, as águas já não se prestariam para ser bebidas.

Isso sempre me horrorizou. Temos caridade para com um pequeno mosquito, mas tratamos um irmão dessa forma indigna. Por isso, eu havia me decidido a lutar contra essa nódoa. Aquele intocável que morava em minha casa era, para mim, um irmão como todos os outros. Mas Casturbai, pobrezinha, não podia entender isso. Ela fora educada de outra maneira. Não podia evitar o nojo. Acontece que não havia privadas em nossa casa. Os quartos eram providos com penicos que tinham de ser esvaziados e lavados diariamente. Eu não queria que os empregados fizessem serviço tão humilde. Por isso, Casturbai e eu nos encarregávamos da tarefa. Ela cuidava de boa vontade dos penicos de todos, mas aquele que era usado pelo intocável causava-lhe uma repulsa insuportável. Achava horrível que eu o fizesse e não concordava, ela mesma, em fazê-lo. Lembro-me dela, ainda hoje, a reprovação nos lábios, os olhos inflamados de cólera, as faces cobertas de lágrimas, pronta a descer a escada, com aquilo na mão. Mas tal esforço não me bastava. Eu queria que ela se desincumbisse dessa missão com alegria. Levantei a voz:

— Não tolerarei essa espécie de estupidez em minha casa!

Ela respondeu, ferida:

— Guarde essa casa para você, e deixe-me ir!

Perdi o sangue-frio e o amor. Segurei-a pelo pulso, arrastei-a até a grade do portão, e fiz menção de abri-lo, para pô-la para fora. As lágrimas rolaram em suas faces:

— Então, você não se envergonha? Como pode descontrolar-se a esse ponto? Para onde quer que eu vá? Não tenho pais nem parentes aqui para receber-me. Pelo fato de ser sua mulher, pensa que devo suportar que me faça sofrer desse jeito? Contenha-se, por amor de Deus, e feche esse portão! Que ninguém nos veja representando esta cena!

Envergonhei-me. Fechei o portão.

Tudo teria sido evitado se crianças inocentes não tivessem sido levadas a dar os sete passos irreversíveis. Sinto que uma pessoa que deseja dedicar-se exclusivamente aos pobres, como eu, não deveria nunca se casar. Não é isso que diz o *Novo Testamento*, livro dos cristãos? Que é necessário deixar pai, mãe, esposa, filhos? Eu só compreendi isso com clareza quando era enfermeiro, em meio a uma guerra suja, dos ingleses contra os pobres zulus. Lá, naquela solidão, percebi a incompatibilidade das duas coisas. Naquele momento, a minha lealdade estava com os feridos. Eles eram a minha família. Depois, minha família ficou sendo a Índia. Como poderia, nessas condições, ser um marido e um pai como esposa e filhos desejam? Compreendi a tristeza de Casturbai, aceitei a mágoa dos meus filhos. Eles tinham razão. Da rebelião dos zulus, regressei à minha casa resolvido a fazer o voto de *brahmacarya*, castidade: abster-me, para o resto de minha vida, dos prazeres do corpo. Talvez eu estivesse, dessa forma, tentando remediar o erro dos sete passos. Talvez tivesse sido melhor que eu tivesse permanecido apenas como um filho, sem nunca tornar-me um marido. E pensei mesmo que esse fosse o segredo do meu sonho. Andei os sete degraus na direção da minha mãe e pus no seu pescoço aquilo que minha esposa havia pedido. Só que ela, Casturbai, e Harilal, meu filho, haviam viajado. Estavam distantes, longe do meu mundo...

Os saquinhos de anil

Quero começar uma outra estória, porque a África do Sul já ficou para trás. Voltei... Só que gostaria de brincar enquanto falo. Você compreenderá por quê. Tingir a água com um pedacinho de anil. Veja como ela vai lentamente ganhando cor, desenhos fantásticos, sempre diferentes, que lembram árvores, nuvens, cenários de sonhos, tudo naquele azul lindo. Como ele é belo! Minhas lembranças atendem ao seu fascínio e voltam... Há nele algo de misterioso. Talvez por ser a cor do céu e a cor do mar, o que nos faz pensar em imensidões desconhecidas e profundezas que amedrontam. Desde menino, eu via o anil sendo vendido nas feiras, em saquinhos de pano. Era bom ver o nome de meu país ligado a uma cor tão bonita. Você já deve ter ouvido este nome muitas vezes: azul índigo. Por acaso, lhe passou pela mente que índigo vem de índico, e que índico quer dizer nascido na Índia? Azul da minha terra, bonita como o céu, misteriosa como o mar.

Os saquinhos de anil faziam parte das minhas memórias doces sobre o meu país, e neles eu encontrava uma mistura de rebuliços de feiras com o encanto da cor. Dentro deles, só havia coisas boas.

Era assim que eu imaginava a minha Índia, com olhos românticos e encantados. E pensava conhecê-la. Mas Gokale, político amigo meu, sabia que não era assim. Sabia mais, que eu era teimoso e que as minhas ideias só mudavam com a experiência. Ele me pediu, então, um favor. Que, por um ano, eu fechasse a boca, me abstivesse de emitir opiniões sobre qualquer coisa, e que viajasse, de olhos bem abertos, a fim de aprender:

– Após um ano por aqui, os seus olhos ficarão diferentes.

É, muito antes de um ano, o azul começaria a se tingir com cores escuras e tristes. Mas eu não devo apressar o relato. O que não é muito fácil. Talvez eu devesse me esforçar para dizer as coisas, umas depois das outras, tal como aconteceram. Mas isso só pode fazer quem não amou, não lutou, não viveu. Na alma, as coisas não se ajuntam por haverem ocorrido próximas, seja no espaço, seja no tempo. É a parecença que vale... Falo de prisões, e lá vêm elas, memórias de lugares diferentes, tempos distantes, e se juntam, fios de um mesmo tapete. Falo de humilhações e me lembro do oficial britânico que me expulsou, da noite de espera fria na estação de estrada de ferro, das bofetadas na diligência. Minhas estórias seguem o tempo da poesia, que é o tempo do amor...
É assim que eu vou contar.

Viajar pela Índia. Iria de terceira classe. Queria estar com os pobres e humilhados. Não poderia, de forma alguma, resistir à mais gentil das tentações que sempre me dominaram: o desejo de servir. A viagem seria diferente, porque não haveria um destino que me aguardasse. Meu destino seria a proximidade com os humildes. E foi isso que me dilacerou, porque encontrei uma Índia esquecida da sua dignidade, que não necessitava da presença do opressor para envelhecer: prisioneira que fazia suas próprias cadeias. Compreendi a tristeza de Tagore, que vira a Índia de joelhos, revolvendo o lixo para viver. E vi mais: uma Índia que se acostumara com o lixo. E juntei-me a ele, num lamento que durou o resto da minha vida.

Índia, que fizeste contigo?

Sei que os opressores te humilharam. Mas, nas minhas fantasias, cheguei a pensar que bastaria abrir as portas da gaiola para que o pássaro voasse. Mal sabia eu que ele havia se acostumado aos buracos, e que preferiria os cantos malcheirosos dos charcos à aventura do céu aberto. O povo está desfigurado, esquecido das coisas boas que nele há...

Veja os vagões de terceira classe. Os pobres, desprezados pelos funcionários e tratados como animais. E nem mesmo se dão conta disso. Acomodam-se nos carros imundos e fedorentos, como se isso fosse normal. Fugiu-lhes a imaginação. Não conseguem pensar que as coisas poderiam ser diferentes, se quisessem. Talvez nem mesmo o queiram... Jogam no chão todo tipo de porcaria, fumam sem parar, mascam tabaco, cospem e escarram no chão, gritam e dizem palavrões. Grosseiros, sujos, egoístas, mas não percebem. Acham que seus atos são naturais. Aqueles que vivem em meio ao fedor acabam por considerá-lo perfume... Esquecem-se de toda gentileza e se comportam como se fossem brutos. A experiência que mais me entristeceu foi uma viagem que fiz de Lahore a Délhi. No lugar da baldeação, o trem já se encontrava totalmente tomado. Os mais fortes começaram a subir pelas janelas, abrindo caminho à força... Eu, um metro e 53 centímetros, perplexo e impotente. Um carregador me ajudou, à custa de uma gorjeta. A noite foi dolorosa e humilhante. A falta de solidariedade me cortou.

Fiquei de pé, agarrado a um banco, enquanto os outros dormiam. Mas minha posição os incomodava. E eles queriam que eu me sentasse no chão imundo e abafado. Lembro-me de outra viagem entre os pobres, no convés de um navio. O banheiro era repugnante. As privadas não passavam de buracos fétidos de escoamento. Para usá-las, era necessário enfiar os pés num verdadeiro rio de urina e excrementos ou, então, transpô-lo com um salto. Dirão que essas são preocupações pequenas demais para alguém que desejava dar à luz uma nação. Enganam-se. Eu estava à procura da matéria-prima, dos homens e mulheres que fariam a Índia. O que encontrei foram apenas fragmentos de futuro em meio aos escombros do presente. Não, não bastaria que os ingleses se fossem. Seria necessário reencontrar uma dignidade perdida, que transformaria as pessoas... Essa era a tarefa penosa e comprida que eu me propunha realizar...

As privadas sempre me impressionaram. Tinha a impressão de que, de alguma forma, naqueles lugares escondidos se revelava alguma coisa sobre as pessoas. Já lhes contei que nunca me furtei aos trabalhos mais humildes, relativos às funções mais repulsivas do corpo humano. Eu e Casturbai lavávamos penicos, porque sempre achei que a limpeza e o seu cheiro bom nos fazem mais felizes. Como é possível sentir a harmonia da vida se o mau cheiro e a sujeira nos rodeiam?

Minha primeira experiência na Índia se deu durante minha breve visita, quando vim da África do Sul, para buscar minha família.

A peste estourara em Bombaim. Alistei-me como voluntário. Sugeri que seria importante inspecionar as instalações sanitárias, rua por rua. Os pobres não se opuseram. Sua humildade nos cativou. Mas a arrogância dos ricos só podia ser comparada à sujeira de suas privadas: sóbrias, fétidas, infestadas de excrementos e vermes. Daí, nos encaminhamos para o quarteirão dos intocáveis.

— Os senhores me permitiriam examinar suas privadas? – disse eu.
— Nós... as latrinas! – exclamaram estupefatos. Não temos latrinas. Fazemos tudo ao ar livre. Latrinas são para gente importante, como o senhor...
— Nesse caso, têm alguma objeção a que visitemos suas casas?
— Sejam bem-vindos, senhores. Podem visitar tudo.

Foi a alegria. Entre os mais humildes, um pequeno fragmento do futuro. Tudo era tão limpo por dentro quanto por fora. Eu os amei.

Pensei que nos lugares sagrados seria diferente. Fui a Benares e seus santuários às margens do Ganges. Depois dos banhos cerimoniais, fui ao templo. Decepção. Tinha-se de passar por uma ruela escura e escorregadia. A paz havia fugido daquele lugar. Havia nuvens de mosquitos e o alvoroço dos mercadores e dos peregrinos era intolerável.

Procurei a Fonte do Conhecimento, em busca de Deus. Em vão. E o povo emporcalhava o caminho e as margens esplêndidas do Ganges. Não hesitavam em sujar as águas sagradas do rio. Satisfaziam suas necessidades na via pública e na beirada do rio... Teria sido tão fácil afastar-se um pouco, por amor à discrição e à beleza...

Mas o mais triste não era isso. Se os mais humildes cheiravam a sujeira, os das classes superiores tinham o cheiro dos ingleses. Não falavam suas línguas nativas e se trajavam como eu outrora me trajara, roupas importadas, cuidadosos com a elegância, distantes dos pobres, que eles não conheciam... Claro, eles nunca teriam coragem de andar em carros de terceira classe. E, por isso mesmo, nem sabiam das dores e das aspirações do povo, nem o povo acreditava naquilo que eles diziam. Será que era isso que eles desejavam? Uma Índia que se parecesse com a Inglaterra? Tinham vergonha de sua mãe e procuravam novos amores: as maneiras modernas, rápidas e ricas do Ocidente. Eu, de minha parte, amava as nossas coisas: tradições, aldeias, religião... Eles se alegrariam com a notícia da morte da própria mãe. Mas eu queria que ela ficasse jovem e bela. Nossos corações estavam em lugares diferentes. Só me restaria esperar com paciência...

Sim, Índia, que é que fizeste contigo mesma? Os teus filhos humildes estão sozinhos e os teus filhos que se dizem líderes se envergonham de ti. Nem mesmo reconhecem os seus irmãos... Rebanho desgarrado, para onde irá?

Champaran é terra do rei Janaka. Quem a visitar nos dias de hoje a encontrará verde com plantações de mangueiras. Em outros tempos, não era assim. Nossos pobres já não eram donos das terras em que moravam. Elas pertenciam aos dominadores, os ingleses, que permitiam aos pobres nelas viver e trabalhar, com uma condição: 15% da superfície seriam usados para o cultivo dos indigueiros, de onde sai o anil, e toda a sua produção teria de ser entregue aos donos estrangeiros. Confesso que eu nada sabia sobre isso. Como já disse, os saquinhos que eram vendidos nas feiras só continham coisas boas na minha imaginação. Antes, eu só via as coisas por fora. Aos poucos, comecei a prestar mais atenção ao seu "lá dentro" escondido, às dores e alegrias que as fizeram.

Foi um agricultor pobre e sofrido que veio a mim, pedindo ajuda:

— Por favor, não estamos longe de Champaran. Venha comigo. Um dia apenas bastará.

Mas eu não podia. Já tinha compromissos. Mas ele não me deixava, seguindo-me por onde eu ia, manso e insistente. Disse-lhe que se encontrasse comigo em Calcutá, numa data futura, para acertarmos a visita. E me esqueci. Quando cheguei a Calcutá, na casa onde ficaria, lá estava ele, Rajkumar Shukla. Fui vencido. Acompanhei-o. E vi. O que acontecera fora o seguinte: a plantação de indigueiros havia se tornado um mau negócio. A indústria química alemã havia descoberto uma alternativa sintética, muito mais barata. Os donos ingleses ordenaram, então, o fim das plantações. Mas, para compensar a sua perda, aumentaram o aluguel das terras. Os camponeses se recusaram a pagar. Os proprietários fizeram uso de violência: espancamentos, ameaças, invasão das casas, roubo de gado. Com medo, os pobres agricultores acabaram por concordar. E a miséria era muito grande. Eu só me dispus a escutar. Caminhadas, viagens em lombo de elefante, para ver, para estar presente. Eles precisavam saber que alguém os ouvia, que não estavam abandonados. E foi crescendo uma relação de amor e confiança entre nós. Foi assim por um ano inteiro. Eu sentia que minha principal tarefa era libertá-los do medo. Disse-lhes, tranquilamente, que me preparava para a prisão, e que também eles deveriam acostumar-se com a ideia, porque a associação dos plantadores dava sinais de inquietação. Acusaram-me de ser um intruso, metendo-me em assuntos que não me diziam respeito. Respondi que não era intruso e que tinha perfeitamente o direito de investigar a condição dos camponeses, se eles assim o desejassem. Nesse ponto a polícia interveio. Como sempre, ao lado dos ricos. Havia uma determinação judicial para que eu deixasse imediatamente o Champaran. Declarei que desobedeceria a essa ordem. Fui, então, intimado a comparecer perante o juiz. Compareci. Milhares de camponeses se ajuntaram ao redor do tribunal. Sentia-se o medo das autoridades, sem saber o que fazer. Até a polícia descobriu-se impotente. Ofereci-me para ajudar. Pedi aos camponeses, meus irmãos, que mantivessem a calma. E no tribunal resolvi colocar à prova a força da fraqueza. Levantei-me e declarei-me culpado de haver deliberadamente transgredido a lei. Disse-lhes que sempre respeitara as leis, mas que havia um limite para tal: o meu sentimento de dever para com os camponeses. Assim, em nome de uma lei maior, a verdade que morava em mim, eu quebrava voluntária e conscientemente a lei, disposto a sofrer a sentença. O tribunal ficou perplexo. Diante da minha confissão, eu teria de ser condenado. Mas as autoridades sentiam o peso daquela presença de milhares de camponeses... Eles já não tinham medo. Aprenderam que é possível ficar de pé perante o opressor. O juiz adiou a sentença, deixando-me em liberdade. Até que o caso foi encerrado, por ordens superiores. E os camponeses tiveram seus direitos reconhecidos.

Essa permanência em Champaran foi um dos acontecimentos inesquecíveis da minha vida, momentos mágicos para mim e para os camponeses. Não é exagero, é pura verdade, dizer que durante essas relações com eles eu me encontrei face a face com Deus, a *ahimsa*, a verdade. E senti que neles se encontrava aquilo que de mais belo e puro existe na Índia. Seriam os meus irmãos. Com eles, gente humilde, eu tentaria construir o futuro.

Ali, continuou o meu lamento. Como era possível? Tanta injustiça... Índia, que foi que fizeram contigo? Eu, que sempre amara e respeitara as leis do Império Britânico, que sempre o vira como um poder justo e benevolente, via agora o seu lado invisível e oculto: a crueldade. Será que o poder pode, em alguma situação, ser bondoso? Poderão os ricos, algum dia, amar os pobres? Lembro-me das palavras de Jesus: "É mais fácil um camelo passar pelo buraco de uma agulha que um rico entrar nos céus". A riqueza embota o espírito. Mas meu desencanto começara muito antes. Ainda na África do Sul, eu acompanhara as tropas inglesas, como enfermeiro. Era a guerra contra os zulus. Guerra? Uns pobres negros, revoltados contra a opressão, perdidos em solidões imensas. De quando em quando, o estampido de um fuzil inglês e a imagem de um corpo tombando morto. Foi ali que meu respeito pelo império começou a se apagar. Mas, agora, à frente dos pobres camponeses do Champaran, nada mais restava. Não, não vejo nem árvores, nem nuvens, nem paisagens do sonho nas formas que o azul anil desenha na água. Vejo o rosto dos oprimidos...

E vi a Índia assim: um imenso país, milhões de pessoas, sob o peso da opressão e da vergonha. O ressentimento crescendo. As explosões de violência. A injustiça gerando o ódio como sua retribuição, a morte gerando a morte. Os dominadores, convencidos de que mais medo seria necessário para controlar o ódio. A Lei Rawlatt, que concedeu ao governo poderes ilimitados para prender e intimidar. A Índia se transformou num imenso caldeirão em ebulição. Só se falava em matar e morrer. Parece que todos se haviam esquecido da vida, da mansidão, da bondade. Que coisa! Havíamos perdido a nossa alma. A *ahimsa* já não nos comovia... E foi nesse clima de pavor que aconteceu a brutalidade suprema: o massacre de Amristar.

É muito irônico porque este nome, Amristar, foi tirado do tanque sagrado que o seu fundador, Randas, escavara: *Amrita Saras*, a fonte da imortalidade. Em breve, o jardim da vida seria transformado em lugar de morte. Vou explicar. Era o ano de 1919. O general E.H. Dyer, do exército britânico, assumira o comando no dia 12 de abril.

Imediatamente, determinou a proibição total de todos os tipos de comício e de procissão. Acontece que nem todos ficaram sabendo disso. E estava programada para o dia seguinte, 13, uma grande concentração em Jalianuala Bag, uma enorme praça vazia, cercada por casas e muros, verdadeira armadilha, sem ruas em número suficiente que servissem de entrada e saída. E as poucas existentes eram muito estreitas. O general, de automóvel, seguiu com suas tropas, que incluíam um carro de combate munido de metralhadora. Segundo seu próprio depoimento, no trajeto, ele tomou a decisão de matar todos, se possível e necessário fosse. Haviam desobedecido à lei, que arcassem com as consequências. A Índia aprenderia uma lição da qual nunca mais se esqueceria. Saberia de novo quem é que tinha o poder nas mãos. O carro blindado não pôde chegar ao destino. Era largo demais para a viela. Chegando à praça, o general dispôs 25 soldados numa pequena elevação e outros 25 no lado oposto. Sem uma única palavra de advertência ao povo, deu ordem de fogo. O fogo durou dez minutos. Foram disparadas 1.650 balas; 379 pessoas foram mortas; 1.137 ficaram feridas.

Sei que, com frequência, o medo e as tensões levam os homens à loucura, provocando ações militares insanas como essa. Se o general Dyer tivesse sido julgado como um doente, teria sido possível até mesmo perdoar o império, mas a Câmara dos Lordes, examinando suas ações, considerou-as perfeitamente justificáveis. O general salvara o domínio britânico...

Índia, que foi que fizeram contigo? Via o medo misturar-se com o ódio, e o desejo de vingança que parecia, por momentos, ser a força mais brutal a se mover dentro das pessoas. Ninguém percebia que o caminho da felicidade e da dignidade era fácil: poderia ser trilhado até mesmo por uma criança. Bastaria que as pessoas ouvissem as coisas boas que jaziam nelas adormecidas e se dispusessem a seguir o caminho da verdade, a *ahimsa*. Faltava alguém que fizesse os gestos mágicos... Eu teria de fazê-los...

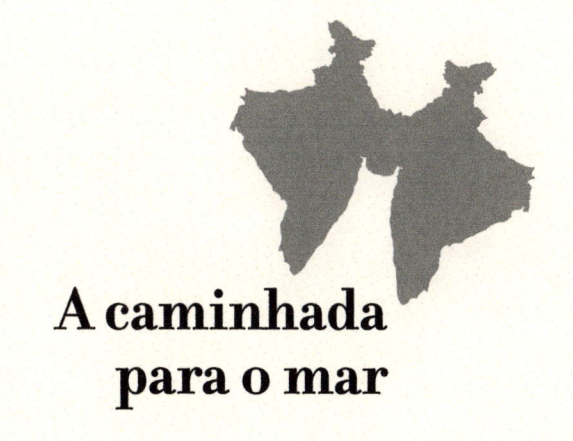

A caminhada
para o mar

Gosto de ver casulos de borboletas. Lagartas feias que adormeceram, esperando a mágica metamorfose. De fora, olhamos e tudo parece imóvel e morto. Lá dentro, entretanto, longe dos olhos e invisível, a vida amadurece vagarosamente. Chegará o momento em que ela será grande demais para o invólucro que a contém. E ele se romperá. Não lhe restará outra alternativa, e a borboleta voará livre, deixando sua antiga prisão... Voar livre, liberdade.

Swaraj: era assim que a chamávamos em nossa língua. Palavra que todos nós dizíamos com doçura e esperança. Mas como eram diferentes as visões que uma mesma palavra produzia. A maioria pensava que bastaria o evento político da emancipação, que com ele um mundo novo se iniciaria, e borboletas sairiam voando de todas as árvores.

Eu sabia que isso não era verdade. Somos como as borboletas: a liberdade não é um início, mas o ponto final de um longo processo de gestação. Não é isso que acontece conosco? Quem será o tolo que pensará que a criança é gerada na hora do parto? A vida começou, em silêncio, em momento distante do passado. O nascimento é apenas o vir à luz, o descobrimento, a revelação daquilo que havia sido plantado e cresceu.

Não haverá parto se a semente não for plantada, muito tempo antes...

Não haverá borboletas se a vida não passar por longas e silenciosas metamorfoses...

Não haverá *swaraj* se a Índia livre e bela não crescer antes do evento político. O meu medo era que ele chegasse e o casulo só contivesse uma pupa disforme, sem asas, incapaz de voar. Ah! Se isso acontecesse, a sua liberdade seria a sua morte... O meu medo era que chegasse o momento do parto sem que a criança estivesse pronta, e a esperança se transformasse num aborto. Por isso, recusei-me a romper o casulo. Preferi fazer os gestos que, eu pensava, seriam os gestos de vida, gestos que plantariam sementes, que acordariam uma verdade interior... Não, não queria que o momento chegasse enquanto eu entoava o lamento. Queria que ele chegasse invocado pelos cantos de alegria...

Digo isso para que você possa entender a razão de muitas das coisas que fiz. Os políticos julgavam-me um pouco estranho. Eu não fazia as coisas que eles previam que eu iria fazer. Todos, ao falar de liberdade, pensavam naquele momento de rompimento do casulo, de rompimento da bolsa no ventre da mãe. Mas eu vivia muito antes, no momento inicial da vida. O que tentei fazer, eu penso, se parecia mais com a magia e as esperanças que com a política e as suas certezas...

Gestos poéticos que despertem nas pessoas as coisas boas que nelas estão adormecidas... A liberdade só seria colhida se fosse, antes, plantada.

Mas a violência é mais atraente que a espera. O ódio aos ingleses estava presente nos cantos das praças, no interior das casas, nas conversas dos jovens e velhos e até mesmo no silêncio dos templos. Pensava-se que o sangue traria a liberdade. Pelo menos, a vingança... O sentimento de urgência que agitava a Índia era ignorado pelas políticas de adiamento que vinham de Londres. Nosso povo dizia "agora". Do outro lado do mundo, vinha o eco: "Mais tarde...".

Se alguém não fizesse um gesto de vida, se eu não fizesse um gesto de vida, a violência armada iria acontecer. Era o ano de 1930. Tagore, aflito, me perguntou que é que eu tinha reservado para a Índia naquele momento. Creio que ele pensou que eu já tivesse preparado a minha agenda... Mas eu não tinha ideias. O gesto teria de ser grande. Teria de conquistar a Índia inteira. Diante dele, as pessoas deveriam sorrir, perder o medo, ter coragem para ficar de pé e desafiar o dominador... Isso, na mais completa mansidão. *Satyagraha*: a verdade de teimosia que vai dizendo e fazendo o bem, e a verdade que nela mora, a despeito da morte que habita o inimigo.

Até que me veio uma ideia. Eu quebraria a Lei do Sal e faria com que o povo participasse do meu gesto. A Índia inteira desobedeceria, como eu. A Índia inteira consideraria o seu desejo de viver mais sagrado que as leis do Estado, e os seus gestos revelariam a liberdade que já vivia neles.

O povo entenderia o meu gesto sem que eu precisasse dizer uma única palavra. Mas os dominadores são um pouco mais estúpidos. É necessário que as coisas lhes sejam ditas com clareza. Por isso, escrevi uma longa carta ao vice-rei. E isso significava dizer ao Império Britânico aquilo que eu estava sentindo. Meu gesto não seria nem secreto nem ambíguo. Seria claro, para que, mesmo na minha transgressão deliberada da lei, a honestidade e a verdade estivessem presentes. Eis algumas das coisas que lhe disse:

> Caro amigo, antes de iniciar meu ato de desobediência, com todos os riscos que sempre temi enfrentar durante todos estes anos, quero ter a alegria de me aproximar de vós para buscar uma saída. As minhas convicções me proíbem que eu faça sofrer qualquer coisa que tenha vida, e muito menos seres humanos, ainda que eles tenham causado os maiores sofrimentos a mim e aos meus. Embora considere o domínio britânico uma maldição, não pretendo prejudicar um único inglês...
>
> E por que considero o domínio britânico uma maldição? Ele empobreceu milhares de criaturas, por meio de um sistema de exploração progressiva, bem como por meio de uma administração militar e civil ruinosamente dispendiosa, que o país nunca poderá suportar. Ele corroeu os fundamentos da nossa cultura. E minha impressão é que nunca houve, por parte do Império Britânico, qualquer intenção de nos conceder liberdade num futuro imediato.

Depois, eu lhe disse do nosso ideal de uma Índia independente: tudo haveria de girar em torno dos seus milhões de camponeses. A arrecadação fiscal seria revista, para que eles tivessem vida e alegria. O sistema britânico, ao contrário, foi concebido para arrancar do camponês a última gota de vida que ainda lhe sobre. Não é isso que acontece com o imposto que incide sobre o sal? O sal é a única coisa que o pobre deve comer em maior quantidade que o rico, em virtude do seu esforço físico. Mas a ganância fiscal dos ingleses tornou o sal um produto de preço extorsivo, pesado demais para os ombros dos pobres. Os pobres, de maneira idêntica, enriquecem o império pelos impostos que são obrigados a pagar, pelos remédios e pelas bebidas alcoólicas, o que mina tanto sua moral quanto sua saúde.

Depois atrevi-me a ser um pouco mais direto:

> Tomai o vosso salário como exemplo. Mais de 21 mil rúpias por mês, 7 mil dólares americanos. Vós estais recebendo mais de 700 rúpias por dia (233 dólares), enquanto a renda média de um indiano é de cerca de dois anás por dia (quatro centavos de dólar)... E o que digo do salário do vice-rei é verdadeiro para toda a administração. Nada, a não ser a não violência organizada, pode conter a violência organizada do Império Britânico. E essa não violência, em palavras que vós entendeis, mas a que damos o nome de *satyagraha* – tenacidade na verdade –, será concretizada na desobediência civil. No décimo primeiro dia deste mês de março, com os cooperadores da comunidade de pobreza em que vivo, tomarei a iniciativa de desrespeitar as determinações da Lei do Sal. Estará em vós impedir a realização desta minha determinação, mandando me prender. Espero que haja dezenas de milhares de pessoas prontas, de modo brando e ordeiro, a fazer a mesma coisa que eu.

A notícia correu. A mágica começou. Aqueles que respiravam ódio e vingança pararam um pouco para ver que novo gesto iria acontecer... Seriam 370 quilômetros a serem percorridos a pé. Sei que poderia ter feito a viagem de trem, para chegar ao meu destino. Teria sido mais rápida. Mas não se pode apressar a borboleta... A vida cresce devagar, a imaginação acorda aos poucos, os pensamentos necessitam de tempo... Era preciso dar muito tempo para que as pessoas pudessem ir tecendo, entre elas, suas redes de esperanças, com as palavras. Com isso, as coisas boas iriam saindo lá de dentro. Meu gesto não era nada em si. Fraco e impotente. Seu poder estaria nas mãos que se juntariam. Eu queria iniciar uma canção de *swaraj* e *satyagraha*, e esperava que os outros fossem, aos poucos, juntando suas vozes, até que a Índia inteira cantasse e os ouvidos dos opressores estourassem de espanto ante tanta dignidade.

Partimos daquela comunidade de pobres onde vivíamos, o *ashram*. "Caminhamos em nome de Deus!" – afirmei, rezando.

Ah! Que poder estranho contém o nome *Rami*. Quem poderá contra a verdade e o amor? Lá íamos, como um rio, tranquilo, sem nunca reagir, simplesmente sendo rio, irresistível...

Vinte e quatro dias, 18 quilômetros por dia. Eu me ri, vendo meus companheiros:

– Brincadeira de criança!

Eu tinha 61 anos de idade (o que é isso para quem faz planos de viver 125 anos?) e me havia treinado a vida toda para as caminhadas...

De aldeia em aldeia, na direção do mar.

Como o meu coração se alegrava! De longe, já se via o rebuliço, os meninos encarapitados no alto das árvores, atalaias encarregados de anunciar a chegada dos guerreiros sem armas: "Lá vêm eles! Lá vêm eles!" – gritavam, despencando-se a seguir lá de cima para se juntar ao povo, aqui embaixo.

Eu não queria uma Índia muito diferente disso. As pequenas aldeias, o trabalho da terra, o artesanato, as mãos fazendo suas próprias roupas, a tranquilidade boa das pessoas que amam a vida na sua simplicidade pobre e vivem em paz, umas com as outras e com Deus...

Não queria um novo amor. A mesma Índia, a mesma cultura, só que livre do ódio de dentro e da opressão de fora.

Tive muito tempo para pensar enquanto andava. Lembrei-me daquela noite, no trem, na África do Sul, quando aprendi sobre o poder dos gestos poéticos. Nunca mais parei... Mas nunca me havia atrevido a um gesto desse tamanho, desafio ao leão, perante o mundo, a Índia inteira seguindo, imaginando, rezando... Na direção do mar...

Primeiro, foi o abandono das roupas ocidentais: gesto de solidariedade aos mineiros mortos na África do Sul. Dali para a frente, minhas roupas conteriam sempre essa memória. Trajar-me como ocidental significava aceitar sua cultura. Mas sua cultura, por bela que fosse, se construíra com muita dor. A mesma coisa com o leite das vacas... Não lhes contei? Depois...

Já lhes disse que aprendi a ver o invisível. Em cada terno de dez libras comprado numa rua elegante de Londres, há miséria de muitos camponeses. Era isso que me importava. Daí a roupa simples, o tecido grosseiro, feito em casa...

Fazer os panos para as próprias roupas em casa. Muitos me disseram que isso era tolice. Seria muito mais barato comprar tecidos feitos industrialmente pelos japoneses. Sei disso muito bem. Acontece que o que está em jogo aqui não é o dinheiro, é a própria alma. Nós, pelos séculos passados, fomos sempre capazes de produzir os tecidos de que necessitávamos para nos vestir. Em cada casa havia uma roda de fiar, em cada casa havia um tear. E as mãos sabiam como fazer... Tínhamos então *swaraj*, liberdade, em relação às nossas próprias roupas. Autossuficientes. Não precisávamos de ninguém. Mas aí vieram os ingleses. Eles produziam quantidades enormes de tecidos, em suas fábricas mecanizadas. E os tecidos tinham de ser vendidos. Mas, para que fossem vendidos, teríamos necessidade de comprar. Foi por isso que nossa cultura foi impiedosamente quebrada. Fizeram-nos desaprender o que sabíamos, para que fôssemos forçados a trocar o nosso suor pela mercadoria que faria ricos os estrangeiros. Foi preciso procurar muito para encontrar alguém, dentre os velhos, que ainda se lembrasse das artes de fiar e de tecer. E foi com uma alegria imensa que me tornei um aprendiz de fiador e de tecelão, e isso passou a fazer parte da minha disciplina diária de viver. Nem mesmo durante a caminhada interrompi esse hábito. Uma hora por dia, dizendo à Índia que, se quiséssemos, poderíamos recuperar algo que os dominadores nos haviam roubado. E eu sabia que me haviam entendido quando, ao passar pelas aldeias e vilas, as pessoas se sentavam à beira do caminho, com suas rodas de fiar, fiando, com seus teares, tecendo. E eu os abençoava, mãos postas, em silêncio, invocando o nome de Deus.

Caminhávamos sem cessar, na direção do mar. Muitos dos meus companheiros se cansavam, seus pés e pernas começavam a doer. Comentei, com bom humor, a delicadeza e fraqueza da geração nova, a despeito dos seus hábitos alimentares fartos. Eu me contentava com pouca coisa, algumas frutas me bastavam. As estradas eram sujas, o sol era quente, o tempo estava seco, havia poeira. Os camponeses, com sua bondade, regavam o caminho para que a poeira assentasse e o ar ficasse mais fresco. E as aldeias pareciam preparadas para uma festa, enfeitadas com bandeiras da Índia. Eu sentia a borboleta crescendo, vagarosamente. Coisas muito bonitas estavam acordando dentro da alma e dos corpos dos pobres. A canção já era cantada em todo lugar. Eu não caminhava sozinho. Todos marchávamos para o grande desafio. Quebraríamos a Lei do Sal...

Outros gestos me vieram à mente. Lavar as privadas, para que soubessem que eu não me envergonhava de fazer os trabalhos mais humildes e que a limpeza era valor sagrado. Falar a minha língua. Poderia alguém imaginar que falar a própria língua viesse a ser ato de rebeldia? Pois a opressão até isso nos havia roubado, o orgulho de falar as línguas que haviam passado de geração a geração, durante milênios. O silêncio da língua é o silêncio sobre o próprio passado, como se ele estivesse condenado ao esquecimento. Todos os líderes políticos, em reuniões importantes e em suas conversas comuns, usavam o inglês, como se estivessem dizendo: "Vede, somos dignos da liberdade. Vestimo-nos como vós, europeus, vos vestis. Falamos a língua que vós, europeus, falais. Certamente pensamos e sentimos como vós. Podeis confiar em nós".

Os camponeses, a alma da Índia, escutavam com tristeza e desesperança. Comecei a falar em minha língua em reuniões públicas, para espanto dos que haviam se expressado em inglês, e para alegria dos ouvintes, que assim viam retornar à arena pública o espírito da sua cultura. Pois não é através da língua que um povo se descobre? E até mesmo perante o vice-rei. Numa conferência por ele convocada, exprimi-me em híndi-hindustâni...

E agora, olhando para este fogo que se apaga – a lenha já se converteu em brasa – lembro-me de outras fogueiras, quando pedia que as pessoas, reunidas em comícios, se despissem de suas roupas estrangeiras, fizessem com elas um grande monte e transformassem tudo numa enorme fogueira. Não, não eram as roupas que estavam sendo queimadas. Era o próprio império que ardia numa pira funerária...

Chegamos ao mar. Era o dia 5 de abril. Como já fosse tarde, passamos a noite rezando. Depois, bem cedo, de manhã, fui até o mar para agradecer... Aquele mar sempre fora nosso, sempre nos dera do seu sal generosa e gratuitamente. Fui lá para dizer que novamente o recebíamos como irmão. Tomaríamos da sua dádiva diretamente, sem permitir que ela passasse pelas mãos dos dominadores. Agradeci por que ele nos ajudava a viver. E me preparei para a grande transgressão.

A Lei do Sal: nós, indianos, éramos proibidos de possuir sal que não nos tivesse sido vendido pelo monopólio governamental.

Procurei, então, nas areias duras, um lugar onde o sol tivesse libertado o sal. Tomei-o nas minhas mãos e o mostrei à multidão que nos seguia. Alguém gritou: "Salve, libertador!" As lágrimas me vieram aos olhos.

Não, não era um punhado de sal... Isso era o que os olhos viam. Mas milhões de indianos viam outra coisa: um passado em que as terras, os rios e os mares nos haviam pertencido. Invocávamos o passado. Pedíamos que ele retornasse. Era isto o que eu lhes dizia em silêncio:

— Tomem posse daquilo que lhes pertence.

E o milagre aconteceu. Por toda Índia, o medo desapareceu. As pessoas deixaram de temer o Estado, encorajadas pela verdade que lhes falava mansamente no seu íntimo, a voz de Deus. E o gesto solitário se transformou em gestos solidários: panelas, bacias, recipientes de todos os tipos, invocando o sol e o mar como aliados, o sal sendo produzido por quem o desejasse, num desrespeito claro às ordens do opressor. O sal era agora o símbolo da *swaraj*. O sinal estava dado. Restava esperar que a borboleta rompesse o casulo.

A reverência
pela vida

As borboletas fizeram minha imaginação voar... Pensei no seu fascínio. Acho que é porque elas são metáforas de esperança. A lagarta deixa de ser, desaparece da vista, oculta-se aos olhos e renasce transfigurada. Quem, ao ver uma borboleta, pode imaginar que ela foi um dia uma lagarta? Quem, ao ver uma lagarta, poderia imaginar que dentro dela se abriga uma coisa bela, que nascerá quando chegar o tempo? É assim que eu penso sobre a vida, algo que vai transmigrando, migrando por diferentes formas, através de silêncios que parecem mortes, como o meu corpo agora, reduzido a cinzas, para aparecer depois... Agora nada mais sou que uma crisálida dentro de um casulo...

Depois é a beleza do seu jeito de ser. A fragilidade das asas, que podem se quebrar ao menor golpe. Indefesas, sem ferrão para se protegerem. E vão, delicadas, quase pedindo desculpas às flores, por se alimentarem do seu néctar. Sugam com uma carícia terna. Para mim, imagens de harmonia e mansidão...

Por fim, há tantas... Diferentes tamanhos, a variedade das cores, as formas e os desenhos mais surpreendentes. Diante do casulo, fica sempre a pergunta daquele que não sabe da vida que está lá dentro: como é que ela vai ser?

Diante da Índia, crisálida, eu também imaginava, tinha esperança. Na verdade, minha vida inteira foi um cultivo da esperança. Não sei por que me recusei, com uma teimosia que frequentemente exasperava os outros, a pensar, a sentir e a agir em obediência aos fatos do presente. Na Inglaterra, queriam me obrigar a abandonar meus hábitos vegetarianos. Lembro-me que o doutor Mehta, tão amigo, chegou a ser rude comigo:

— Se você fosse meu irmão, há muito o teria mandado de volta com as suas bagagens. Que vale um voto pronunciado diante de uma mãe analfabeta e ignorante das condições de vida que o esperavam aqui? Sua teimosia lhe será totalmente inútil...

Ele queria que eu abandonasse o meu desejo mais puro e me ajustasse ao mais prático e mais viável. Mas a minha alegria estava precisamente na fidelidade a algo que estava ausente.

Depois, foi na África do Sul. Meus irmãos indianos já haviam aprendido a conviver com a opressão. Para sobreviver, resignavam-se a ser lagartas. Mas acho que esse é um preço muito alto para continuar vivo, porque a esperança faz parte da vida, e abandoná-la é o mesmo que aceitar a morte. Por isso, tratei de fazer os movimentos da borboleta, muito embora tudo nos obrigasse a ser lagartas. O belo é aquilo que podemos ser. E a esperança é nada mais que a fidelidade a essa possibilidade que dorme silenciosa em todos...

O que eu esperava para a Índia era aquela esperança que havia crescido dentro de mim. E é preciso que eu conte qual era ela, para evitar enganos, antes que eu me vá, cinzas, nas águas do Yamuna. É que houve muitos que não compreenderam. Só viram com os olhos. O invisível se lhes escapou. O salto de alegria lhes pareceu salto de revolta, porque não ouviram a música... Registraram o gesto, mas não entenderam a esperança. E o sentido do gesto se perdeu.

Já lhes contei, eu queria fazer um poema, eu acreditava no poder mágico das palavras ditas com amor. Como, entretanto, eu não era poeta, teria de dizer o meu amor com o meu corpo inteiro... Olho agora para trás e descubro que poema eu não escrevi. A razão? Eu tinha muito poucas coisas a dizer. Para ser preciso: uma única coisa. Cheguei mesmo a pensar que esta era essência da pureza: ser consumido integralmente por um único desejo bom. Assim, passei minha vida inteira dizendo essa única coisa, repetindo a mesma esperança. Claro, em cada situação, a mesma coisa era dita de forma diferente. Num momento, recusava-me a tomar leite; noutro momento, proclamava um jejum até a morte... Os ocidentais, por não saberem da minha esperança, achavam que eu era louco. Maluquices de um faquir seminu. Às vezes, em ataques de coragem e lucidez política, vinham os gestos mágicos que levantavam a Índia inteira e faziam o Império Britânico tremer. Depois, vinha um ataque igualmente imprevisível de esquisitice doentia, que poderia manifestar-se como proteção à vida das cobras, lavagem de privadas imundas, uso da terra como remédio ou comparecer perante o rei e a rainha da Inglaterra, para um chá, vestido com um lençol e calçado com sandálias... E eles não entendiam, porque não sabiam do segredo: meu único desejo, minha única esperança, meu único verso. Posso dizê-lo como um mandamento:

> Amarás a mais insignificante das criaturas como a ti mesmo. Quem não fizer isso jamais verá a Deus, face a face.

Sempre amei profundamente a vida. Não, não era apenas a minha vida. Era a vida de todas as coisas. Olhar para os animais e as plantas me enchia de alegria. E eu queria cuidar deles como quem cuida de algo frágil e precioso. Aí o mandamento cristão do amor me parecia pouco exigente. Pedia apenas amor ao próximo. Os cristãos entenderam que esse "próximo" se referia só às pessoas (tanto assim que imaginam que somente elas têm alma...). Eu, ao contrário, penso que todas as coisas que vivem são minhas irmãs. Elas possuem uma alma. Lagartas que um dia serão borboletas.

Essa ideia de que apenas as pessoas têm alma, eu acho, é responsável tanto por sua crueldade como pelo senso sem limites de importância. Se os animais não têm alma, concluímos que eles são vazios de qualquer valor sagrado. Estão aí só para nos dar prazer. Estão aí para serem usados por nós. Então, temos permissão para matar e destruir. Mas não é isso que explica a devastação e a morte por onde quer que passe o homem europeu que se chama de civilizado? Eles se definiram como caçadores; os que vivem a partir da morte. Mas eu queria que fôssemos pastores da vida...

O nome desse sentimento é *ahimsa*: acreditar que tudo o que vive é expressão de uma harmonia universal, revelação da divindade, gotas de água de um mesmo mar. As coisas vivas não existem só para nós. Elas vivem também para si mesmas e para Deus. E também elas amam a doçura da vida tanto quanto nós. São minhas irmãs. Meu corpo é parte do seu corpo. Desejo que elas me amem da mesma forma como eu as amo. É uma condição interior, espécie de perfume que envolve todas as coisas e nos enche de sentimentos fraternos para com tudo aquilo que vive, incluindo até mesmo os escorpiões, as cobras e os opressores. Cada um, a seu modo, contém a mesma essência divina que nos percorre a todos: a vida. Com isso, perdemos o senso falso da nossa própria importância. Deixamos de ser o centro do universo. Mas o que perdemos em importância ganhamos em fraternidade: já não estamos sozinhos. A vida é uma grande mãe que nos envolve.

Agora me digam: acham que eu poderia me alimentar da carne de um animal que foi morto e sentiu a dor lancinante da faca, para que eu vivesse? Que alegria poderia eu ter em tamanha crueldade? A natureza foi generosa o bastante dando-nos frutas, verduras, legumes, cereais. Por mais que tentem convencer-me de que maneiras ocidentais são as melhores para a saúde, sempre as encararei com horror. Antes morrer que matar. Em nenhuma hipótese, causar medo ou dor a coisa alguma...

Meu corpo aprendeu essas lições muito antes que a minha cabeça pudesse articular as palavras. Foi com meu pai, minha mãe, os monges jainistas que por lá passavam. Foi caro o preço que paguei ainda menino, quando quis ficar forte como os ingleses. Comi a carne de um pobre cabritinho que estivera vivo talvez na véspera. Mas sua carne estava cheia de sofrimento e tive pesadelos a noite toda.

Lembro-me (como poderia esquecer-me?) de uma visita que fiz ao templo de Kali, em Calcutá. No caminho, vi um longo cortejo de carneiros que iam ser sacrificados. Ao chegar, fomos acolhidos por rios de sangue. Não suportei ficar ali mais tempo. Meus amigos me tranquilizaram, dizendo:

— Os carneiros nada sentem. O barulho dos tambores tira deles toda sensação dolorosa.

Não pude concordar. Se os carneiros pudessem falar, diriam coisa muito diferente. Para mim, a vida de um carneiro não é menos preciosa que a vida de um homem. Eu jamais consentiria em sacrificar ao corpo humano a vida de um cordeiro. Quanto menos uma criatura pode se defender, tanto mais direito tem à proteção do homem contra a crueldade do próprio homem. Para mim, essa é a razão por que os pobres e os fracos devem ser objetos especiais de nossa compaixão e proteção. Os pequenos agricultores, os párias...

Em outra ocasião, estive disposto a morrer por amor às vacas e às búfalas. Uma enfermidade violenta quase me matara. Na convalescença, o médico insistia em que eu bebesse leite. Disse-lhe que não podia. E expliquei por quê. Eu lera, fazia tempo, sobre as torturas a que os pobres animais eram submetidos pela ganância e crueldade de seus donos. A ganância é sempre cruel... Eles introduziam nas tetas dos animais um tubo de bambu, o *phuka*, para extrair de lá até as últimas gotas de leite. Assim, trocavam muita dor por pouco dinheiro. Meu horror foi indescritível. Horror pelo sofrimento dos animais, horror pela violência dos homens. Desde então, aconteceu com o leite coisa parecida com aquilo que aconteceu com o anil. A cor ficou diferente. O branco deixou de ser branco. Misturou-se com o sofrimento. E nunca mais consegui beber leite... Foi então que alguém teve uma ideia:

— Mas e se for uma cabra? A ordenha poderá ser feita sem dor, sob sua supervisão...

Foi assim que me dobraram. Estar em harmonia com as coisas vivas: esta é a minha paixão. Ser como a borboleta que beija a flor que a alimenta: *ahimsa*. Tudo o que planejei fazer o fiz para realizar esse sentimento. Nas menores coisas.

A comida. Há um provérbio indiano que diz que nós somos aquilo que comemos: *jevun Khây teve thây*. Acredito na sua verdade. O ato de comer revela o que somos e o que pensamos. Desde muito jovem, ainda na Inglaterra, comecei a me perguntar sobre a dieta que melhor exprimisse o sentimento de reverência pela vida. E em minha busca fui guiado pela convicção de que a renúncia era a forma suprema de toda a religião. Abrir a mão, deixar ficar, não colher, dar, abster-se...

A ideia de abstenção é estranha para os ocidentais. Eles imaginam que abstenção tem a ver com a fome e a morte, enquanto a vida tem a ver com mesas fartas, barriga cheia, riqueza acumulada, o corpo satisfeito e sonolento, desejos realizados. Eu penso o contrário. Tenho medo dos desejos. Por um prazer efêmero agora, eles nos fazem perder uma alegria duradoura depois. Foi assim que aconteceu comigo. O desejo de prazer roubou-me a alegria de estar com meu pai nos seus últimos momentos. O corpo é coisa estranha. Nele se aninham a mansidão e a violência, a vida e a morte. É só o espírito que pode salvá-lo das ciladas que, passando pelo prazer, terminam na morte. Já lhes falei sobre isso. Lembram-se? Aquele verso do *Gita*...

Compreendi que nosso destino espiritual passa por nossos hábitos alimentares. Estou convencido de que a saúde depende de uma condição interior de harmonia com tudo que nos cerca. Comer demais é uma transgressão dessa harmonia.

Quando nos abstemos, entretanto, estamos silenciosamente dizendo às coisas vivas: "Podem estar tranquilas. Não as farei sofrer desnecessariamente. Só tomarei para mim o mínimo necessário para que o meu corpo viva bem". Foi o que fiz. Vivi frugalmente. Fiz jejuns enormes. E minha saúde foi sempre boa. Suportei as mais duras provas físicas: agressões, caminhadas, desconforto, pobreza... Umas poucas frutas amadurecidas ao sol, nozes, bananas, tâmaras, limões, azeite de oliva: aquelas coisas que os mais pobres comiam. Era isso que comíamos, em nosso *ashram*, na África do Sul.

Aprendi também que nossa liberdade é tanto maior quanto mais simples forem nossos hábitos de vida. Quem se prende às coisas é como mosca que cai em teia de aranha. Cedo descobrirá que não está livre para viver por se haver amarrado nas armadilhas do desejo. Lembro-me, com humor, da viagem que fiz com meu companheiro Kallenbach, da África do Sul para a Inglaterra. Uma de suas fraquezas era o amor aos binóculos mais caros. E eu me esforçava por convencê-lo de que a posse de semelhante instrumento não estava em harmonia com o ideal de simplicidade que esperávamos atingir. Nossa briga amigável chegou ao seu ponto culminante num dia em que eu lhe disse:

– Em vez de permitir que esses binóculos sejam um motivo de briga entre nós, por que não jogá-los fora, e daremos o assunto por encerrado?
– Certamente. Vamos, ao mar com este horror!
– Falo sério – eu disse.
– Eu também – acrescentou.

E lá se foi o par de binóculos...

Optei por uma vida simples. Na África do Sul, comecei a lavar e a passar minha própria roupa. Meu primeiro colarinho engomado foi um desastre. Meus colegas morreram de rir. Eu também. Naquele tempo, eu já estava imunizado contra o ridículo. O que me faz lembrar do chá com o rei e a rainha, eu no meu lençol e sandálias. Imagino que os meus amigos, só de pensar, teriam ruborizado de vergonha. Perguntaram-me, depois, se eu não estava com muito pouca roupa para ocasião tão solene. Respondi que não. As roupas do rei eram mais que suficientes para nós dois...

Nunca me arrependi. Ao fim da minha vida, minhas posses se resumiam em não mais que uma dúzia de objetos: sandálias, óculos, relógio, tigelas para as refeições... Quando são poucas as coisas que temos para cuidar, é muito o tempo que temos para viver.

E assim fui, nos atos pequenos do cotidiano, descobrindo os caminhos da *ahimsa*, procurando encontrar Deus na harmonia com as coisas vivas. O amor aos animais, a dieta simples e pobre, o abandono das posses, a confiança nos remédios que a natureza oferece, o ar, as plantas, a terra, as longas caminhadas, a disciplina tranquila da meditação espiritual, os trabalhos manuais, tudo isso haveria de produzir em mim aquele ânimo que não se perturba diante de nada, a equanimidade, condição para uma vida longa e feliz.

Esse sentimento é como uma fonte que transborda e que tudo fertiliza. Se amo a vida poderia, por acaso, manter-me fora dum recanto deste mundo onde a vida está nascendo? A *ahimsa* me levou assim à política. Política: opressão, importação de tecidos estrangeiros, operários sem emprego, camponeses amedrontados, generais que mandam matar, policiais que mandam prender, riqueza para uns poucos, fome para muitos... A vida estava aviltada. Deus estava aviltado.

Entrei na política por amor à vida dos fracos. Morei com os pobres, recebi os párias como hóspedes, lutei para que tivessem direitos políticos iguais aos nossos, desafiei os reis, esqueci-me das vezes que estive preso... E tudo isso teve um gosto doce na minha boca. Sentia o toque manso da *ahimsa*.

Posso assim dizer, sem hesitações, mas também com toda a humildade, que aqueles que dizem que a religião nada tem a ver com política, na realidade nada entendem de religião, pois nada entendem da vida. Lutar pelos animais e lutar pela fraternidade entre os homens: esses gestos são parte de uma única esperança. E se você não tiver compreendido, pelas minhas palavras, que o único caminho para Deus é o caminho da *ahimsa*, então, considerarei vão tudo o que disse. O caminho para a verdade passa através da bondade.

Confesso: nada sei de tática e de estratégias políticas. Só conheço a voz íntima da verdade que me manda ser fiel à reverência pela vida, ainda que tudo seja inútil. É isso que o político não conhece: o ato gratuito, derrotado, pela simples alegria de proclamar uma esperança. Esperança: Índia, casulo, borboleta ainda não nascida. Haveria de nascer. Ela seria bela e mansa. Os homens trabalhariam, comeriam sua comida singela e viveriam em harmonia uns com os outros. As aldeias não seriam destruídas pelas máquinas, mas se transfigurariam com risos e brinquedos. Não haveria mortes desnecessárias. E as armas se transformariam em arados...

Que coisa mais bela eu poderia desejar?

É por isso que sempre orei:

Possa o Deus da verdade conceder-me, como favor supremo, a *ahimsa* em pensamento, em palavra e em ato.

A tristeza final

Aconteceu, então, aquilo que eu sempre temera. O casulo foi rompido antes da hora. A borboleta ainda não estava pronta para a vida. Saiu lá de dentro uma coisa deformada, feia, que não pude reconhecer. Senti-me como uma mãe que acalenta a ideia do filho que vai nascer e, ao invés disso, vem o aborto. Trinta e dois anos de gravidez... Trinta e dois anos tentando acordar no meu povo as coisas boas que existem em sua alma... Saiu do casulo uma Índia estranha, na qual não havia um lugar para mim; Índia que nunca aparecera nos meus sonhos. E as cidades e os campos se encheram de ódio e de morte. Chegou a tristeza. Desejei morrer.

Eu sempre guardara no meu coração a certeza de que as religiões poderiam ser tão amigas umas das outras como haviam sido na casa do meu pai. Já lhes falei sobre isso... A tolerância, a alegria, a amizade, o desejo de aprender, não importava a religião. Meu pai achava que todas elas tinham uma parte da verdade: gostava de conversar e escutar. Essas memórias de infância, tão gratas, nunca me abandonaram. Acho que foi assim que se formaram minhas esperanças, desejando que a Índia fosse a continuação da minha casa. Eu não queria que a minha infância morresse...

Mas logo percebi que a Índia não era a minha casa. Havia nela ódios profundos que separavam os hindus dos muçulmanos. Coisas tão mesquinhas... Lembro-me de hindus, irmãos de minha religião, que preferiram suportar a sede mais terrível a beber água que corria em regiões onde moravam os muçulmanos. Como se ela fosse envenenada ou suja... Os muçulmanos, de sua parte, tinham um prazer especial em ofender os hindus: matavam bois e vacas e comiam a carne, enquanto viam o ódio crescendo no rosto dos outros. Os hindus devolviam as provocações, passando com suas ruidosas procissões defronte das mesquitas, no momento em que se realizavam as preces. Coisas pequenas, dirão. Discordo. Manifestações camufladas de um ódio surdo que haveria de explodir no momento propício...

Compreendi, então, que a Índia dos meus sonhos não existia. Ela precisava ser acordada, quem sabe gerada por meio de uma longa gravidez... Fiz os meus gestos poéticos, chamando a amizade das funduras onde o ódio a prendera. Jejuei 21 dias... Queria que a minha dor tocasse os corações. Tanto os muçulmanos quanto os hindus me amavam. Quem sabe, pensei, eles compreenderão? Pedi-lhes que se esquecessem dos seus ressentimentos. Não eram eles todos filhos de uma mesma mãe, a Índia? Irmãos, mesmo que sejam diferentes, continuam a ser irmãos...

Eu temia que o ódio continuasse e ainda estivesse lá, no momento da liberdade. Se isso acontecesse, quem poderia prever as consequências? A Índia seria lavada em sangue. Escrevi-lhes um apelo. Disse que até aquele momento havíamos todos lutado contra um inimigo comum, o dominador estrangeiro. Mas que havíamos feito contra o inimigo doméstico, íntimo? De que nos adiantaria derrotar o invasor se não éramos capazes de dominar nossos próprios sentimentos perversos? A liberdade teria de ser merecida. Teríamos de nos tornar suficientemente corajosos, a ponto de amarmos uns aos outros a despeito de nossas diferenças.

Só então a borboleta estaria pronta.

Só então a Índia poderia sair do casulo.

Mas a morte parece ser mais poderosa que a vida. A vida cresce devagar. A morte voa...

Minhas sinistras premonições, que me assombravam como fantasmas noturnos, logo se revelaram como horrenda realidade. Bastou que os ingleses anunciassem que estavam prontos para partir...

O que aconteceu foi muito estranho. Aquele deveria ter sido um momento de júbilo: uma esperança, acariciada por tantos, durante tanto tempo, estava prestes a se realizar... Mas a realidade mostrou exatamente o oposto: o júbilo se transformou em choro; a celebração, numa grande procissão fúnebre.

A opressão tem um curioso poder mágico, ela faz desaparecer, ainda que momentaneamente, as inimizades. Encurraladas pelo fogo, as gazelas perdem o medo do tigre e o tigre não ataca as gazelas: o medo cria uma irmandade... É isso que acontece quando inimigos são forçados a puxar uma mesma canga. Caminham juntos, sob a fraternidade de uma humilhação que fere ambos igualmente.

Sob o jugo dos ingleses, hindus e muçulmanos se reconheciam como irmãos, sofriam uma única dor. E até tinham uma esperança comum: a *swaraj*. Mas bastou que se anunciasse que a canga lhes seria tirada dos pescoços para que surgisse a pergunta terrível: "Expulso o opressor, qual de nós dominará sobre o outro?". Com essa pergunta veio o medo. E, com o medo, o ódio...

Eu, Nehru e muitos outros havíamos sonhado com uma Índia unida, na qual as diferentes religiões conviveriam numa atmosfera de tolerância e respeito. Continuar com a mesma Índia, mas, do momento da *swaraj* para a frente, governada democraticamente por pessoas que representassem toda a sua imensa riqueza cultural. Mas o medo e o ódio não permitiram. Surgiram, então, não as coisas belas, mas as mais feias que moram dentro das pessoas. Jinnah não concordou. Mohamed Ali Jinnah, presidente da liga muçulmana, o mais influente dos seus líderes, disse que os muçulmanos necessitavam de um país que fosse seu. Como poderiam viver numa Índia dominada por uma maioria hindu? Que segurança poderiam ter? E exigia que a Índia fosse cortada e desmembrada, para que se formasse um país novo, o Paquistão, que daí para a frente seria a pátria dos muçulmanos.

Eu, que sempre me esforçara por ter boa vontade para com todas as pessoas, tinha a suspeita de que ele era um mágico de outro tipo, dominado pelo fascínio do poder. Ele fez os seus gestos e falou... E cresceram a desconfiança, o medo, o ressentimento, o desejo de vingança, a violência. Invocou os horrores de uma guerra civil, a Índia inteira banhada em sangue, para que tanto nós quanto os ingleses recuássemos dos nossos propósitos. Ameaçou aproximar-se da União Soviética, como aliado possível, se suas exigências não fossem aceitas. Insuflou seus irmãos de fé a que fizessem uso da ação violenta, como arma de coação.

E assim a Índia se viu, repentinamente, diante de uma alternativa impossível. De um lado, o país unido, coisa inaceitável para os muçulmanos. De outro, a divisão, que não pouparia nem muçulmanos nem hindus. De fato, uma vez realizada a divisão, milhões de muçulmanos continuariam a viver onde sempre haviam vivido até então, em regiões de maioria hindu, fora do novo Paquistão. E milhões de hindus se descobririam prisioneiros em terra inimiga, o Paquistão, pois aquelas eram as terras onde haviam sempre vivido. E então, quem poderia prever a violência das maiorias sedentas de vingança contra as minorias abandonadas em seus territórios?

Os massacres começaram nos lugares onde a Índia seria cortada. Ódio dos dois lados, muçulmanos e hindus. Era impossível ficar, por medo de morrer. Mas os que partissem para salvar a vida perderiam tudo.

O "dia de ação direta", proclamado por Jinnah, provocou um tumulto em Calcutá que durou quatro dias. Cinco mil mortos e 15 mil feridos. A cidade morreu, deserta, montanhas de lixo pelas ruas, ratos, casas arrombadas, lojas fechadas. Na região do Biar, veio a vingança. Os hindus ficaram histéricos e, aos gritos de "sangue por sangue", mais de 10 mil pessoas foram mortas, na sua maioria, muçulmanos. Por todos os lados, era isso que se via: os olhos inflamados, as mãos desejosas de enfiar as lâminas no corpo do inimigo, como se o país estivesse possuído por demônios.

Nehru ficou tão horrorizado com o que viu que ameaçou lançar mão da violência militar para deter a matança. Senti, no meu íntimo, o quanto éramos diferentes, apesar da amizade. Ele fazia política segundo o modelo dos ingleses, usando a força. Mas eu estava convencido de que a democracia é algo incompatível com os métodos militares e policiais.

Voltei a fazer o que sempre fizera: gestos que trouxessem de volta a mansidão...

Fui andar pelas aldeias. Levantava-me às quatro horas da manhã. Conversava e rezava. Acolhia em meus momentos de prece tanto hindus quanto muçulmanos, e também pessoas de quaisquer outras religiões que assim o desejassem. Lia os seus textos sagrados. Eu sabia que a divindade se revela em muitos lugares diferentes... Ah! Se eu pudesse lhes comunicar a doçura das experiências da minha infância... Sei muito bem que aquilo que eu fazia estava longe do realismo político. Eu desejava resultados, é claro. Mas, mesmo que soubesse que tudo seria inútil, teria feito as mesmas coisas. Há gestos que não podem ser evitados. Eles brotam do fundo, como se fossem o perfume de uma flor. Era assim que eu sentia aquilo que estava fazendo. Meus gestos não eram métodos para atingir um objetivo. Eram partes do meu próprio ser. Eles não surgiam de uma análise realista da situação. Ao contrário, eu me punha a escutar a minha voz interior, e aquilo que ela dissesse eu tomava como profecia. E assim fui, encontrando forças e esperanças em pequenos sinais de bondade que surgiam aqui e ali, quando hindus e muçulmanos se arrependiam e reencontravam o caminho da amizade. Mas isso era muito pouco. O terror tomara conta do corpo da mãe que eu tanto amara, a Índia. E agora eu a via agonizante...

Finalmente, a divisão se consumou, aprovada em 15 de junho de 1947. Dois meses depois, no dia 15 de agosto, chegou o momento tão esperado. A borboleta saiu do casulo. Havia morte por todos os lados. Não pude me unir às comemorações. Sentia-me um estrangeiro. Restava-me fazer algo pelos milhões que estavam nas garras do horror. Iniciou-se a fuga para longe da morte. Aqueles que tinham medo de ficar partiam, sem saber para onde ir, deixando tudo, 15 milhões de pessoas – homens, mulheres, velhos, crianças sem ter o que comer, morrendo pelo caminho. Os hindus fugiam do Paquistão, para longe da vingança muçulmana. Os muçulmanos fugiam para o Paquistão, para longe da vingança hindu. A coluna humana se estendia por 90 quilômetros. Os refugiados chegavam, aos milhares, à região de Délhi. Traziam relatos horrendos, fantasias em que a realidade se misturava com o medo, dos massacres que haviam contemplado, consumados pelos muçulmanos. Cresceu, então, uma nova onda de vingança. Os muçulmanos fugiam para dentro do rio Yamuna, tentando escapar das facas e dos porretes dos seus perseguidores. Tudo inútil. Acho que até o rio se horrorizou: irmão da morte, nunca havia provado tanto sangue nos milhares de anos que por ali passava.

Eu me perguntava, perplexo: "Que é que devo fazer? Que é que devo fazer?".

Eu, que sempre cultivara a tranquilidade de espírito diante das situações mais horríveis, descobria agora a minha fraqueza. Senti que me faltava a equanimidade imperturbável que devem ter aqueles que pretendem viver até os 125 anos de idade. Compreendi que, no máximo, só me restavam dois ou três anos de vida. Alguma coisa lá dentro me dizia que já bastava. Mas continuei a fazer as mesmas coisas. Lembrava-me das palavras de Jesus: "Amai os vossos inimigos, fazei o bem aos que vos odeiam... Para que sejais filhos de vosso Pai que está nos céus, que faz o seu sol nascer sobre bons e maus, e manda a chuva sobre justos e injustos...". Procurava os muçulmanos para que a minha amizade servisse de exemplo aos meus irmãos hindus. Pedia que houvesse perdão...

E foi então que comecei a morrer. Senti, pela primeira vez, o quanto de ódio a minha mansidão provocava entre meus próprios irmãos. Era o dia 31 de agosto. Calcutá. Eu acabara de ir para a cama, quando um grupo de hindus invadiu a casa onde eu estava hospedado, exibindo o corpo de um homem, apunhalado... Eles gritavam frases de ódio contra mim, como se eu fosse culpado daquela morte, como se eu fosse aliado dos assassinos. Quebraram janelas, esmurraram as portas. Levantei-me e tentei falar. Mas a vingança falava mais alto. Jogaram-me uma pedra e um outro tentou ferir-me com um pau. Não fui atingido. Somente a violência da polícia foi capaz de dispersar a multidão. Voltei para o meu quarto. Tudo em mim pedia que eu chorasse. Resolvi apelar para um gesto último. Eu jejuaria até a morte se a paz não voltasse à cidade. Se os meus gestos já não fossem capazes de falar às coisas boas que viviam dentro dos meus irmãos, então, não valia a pena viver.

Mas uma grande alegria me estava reservada. A cidade sentiu, chorou, arrependeu-se. Vieram hindus e muçulmanos e juraram que abandonariam a violência. Voltou-me a equanimidade e interrompi o jejum. Retornei a Délhi. A violência ainda andava pelas ruas da cidade. Senti um medo horrível de que tudo recomeçasse. E, antes que isso acontecesse, resolvi jejuar novamente. Seria o "jejum dos jejuns". Sentia que seria um dos meus últimos gestos. Ele precisava entrar fundo na alma do povo, para que não se esquecessem. Ofereci-o a todos, pois todos éramos culpados, hindus e muçulmanos, na Índia e no Paquistão. A morte, se viesse, seria uma tranquila libertação. Eu sofreria menos que sobrevivendo para contemplar a agonia da Índia. Brincava com a esperança. E se, por algum milagre, a Índia fosse varrida por uma onda de purificação? Se isso acontecesse, eu haveria de saltar como uma criança e teria de novo vontade de viver 125 anos. Veio-me, então, a ideia de um ato de extrema generosidade, gesto que a Índia deveria fazer para com o Paquistão, para que todos soubessem que nós os amávamos, apesar de separados. Pedi a Nehru, já primeiro-ministro, que pagasse ao Paquistão a soma de 550 milhões de rúpias, como se fosse parte de uma herança. Ele não me entendeu. E eu chorei. Acho que isso, o choro de um pai próximo da morte, o comoveu. O governo fez o que pedi. Que estranho o poder do jejum, quando as pessoas estão ligadas por laços de amor!

No dia 18 de janeiro, vieram até mim hindus, muçulmanos, cristãos, judeus, *sikhs*, membros de organizações radicais, juntamente com líderes políticos dos países. Vieram me prometer lutar pela vida... Senti a presença doce da *ahimsa*. Voltei a viver, mas a generosidade para com os muçulmanos fez os hindus desejosos de vingança me odiarem ainda mais...

Queria agora voltar às minhas preces. Era tão bom! Mas, logo no primeiro dia, alguém jogou uma granada de mão contra mim. Ela não me atingiu. Senti novamente que o meu amor aos muçulmanos levara muitos dos meus irmãos a me considerarem um cúmplice, culpado das violências que eles haviam cometido. Eu nada podia fazer. Só rezar.

No dia 30 de janeiro, eu estava mais forte. Iria a pé ao lugar das orações. Às quatro e meia da tarde, tomei um pouco de leite (de cabra, é claro!), comi alguns vegetais e frutas. Às cinco horas, percebi que já estava atrasado. Muitas pessoas deveriam estar me esperando. Apoiei-me nos ombros de Aba e Manu e nos fomos. Sentia uma gostosa leveza. Minhas emoções estavam tranquilas. Só desejava o silêncio para ouvir a voz da verdade interior. Queria ouvir os meus poemas, muito embora soubesse que eles me falavam da *ahimsa*, a reverência pela vida. Subi no estrado, onde nos sentaríamos para as preces.

De repente, em meio à paz, ali, ao alcance do meu braço (só que não tive tempo, foi tão rápido...), vislumbrei um rosto que nunca vira, mas que sempre temera...

Era a morte...

Não a morte graciosa: sua face estava dura de ódio.

Tive medo.

Senti-me como uma das ovelhas no templo de Kali.

O rosto jovem, vazio, a arma.

Os clarões, os estampidos, a dor...

Tudo depressa demais para o pensamento.

A confusão.

Foi então que me senti criança de novo, de volta, na minha casa.

Era noite. Eu tinha medo do escuro.

Ramba, minha ama, falava ternamente e dizia que não precisava ter medo. Bastava repetir o nome de Deus, *Rami Ram*: Ó Deus, meu Deus...

E eu falei... Acho que foram minhas últimas palavras. Uma imensa tranquilidade tomou conta de mim.

Senti meu corpo languidamente se entregando, não sei bem se aos braços de Deus ou aos braços de Ramba.

Só sei que alguém me acolheu. Pensei: "Posso dormir tranquilo. Não há fantasmas".

Fui virando crisálida, casulo, esperança, na espera... Lembro-me do verso do *Gita*: "Conduzi-me da inverdade para a verdade, das trevas para a luz, da morte para a imortalidade".

Tantas vezes repetido, ele se realiza agora. Volto ao rio, metáfora da verdade, esse "frouxo ir das águas, pesadas delas mesmas, grossas das lonjuras vindas no irem sendo rio". Veja as espumas! Aparecem por um momento, para logo voltarem às funduras de onde haviam saído. Não é assim a vida? Nós, espumas... Todas as coisas num mudar e morrer sem fim. Mas, no fundo de tudo, está uma força viva que cria, sustenta, dissolve e torna a criar: *ahimsa*, Deus...

Lembro-me que um dia tomei a dádiva das águas, o sal, como sinal de esperança. Agora, meus irmãos me devolvem às mesmas águas, cinzas, com os mesmos gestos de esperança. Volto ao rio. É doce o reencontro com o mistério da vida. Penso no Ganges, para onde vou. Será bom flutuar e vagar ao sabor das suas águas... Mesmo porque nunca encontrei imagem mais bela para a *satyagraha*, que é uma parte da minha alma. O rio, manso, não revida nunca: as fezes, a urina, o lixo, todas as indignidades, ele as recolhe sem um gesto de protesto. Só que continua, indo, sendo rio, imperturbável, equânime, convicto, tranquilo, irresistível. Poderão represá-lo. Ele transbordará. Poderão desviá-lo. Ele continuará a correr. Como quis ser como ele!

É hora de dizer adeus. Mas é preciso que eu lhe diga desta estória. Contei, como meu último gesto, um poema para despertar as coisas boas que porventura existam nas pessoas. Eu quis seduzir... Sabe para quê? Para ter amigos na caminhada. E se houve mágica nas minhas palavras, sei que o mundo deve ter ficado um pouco diferente. Coisas que dantes só eram vistas pelos olhos, ficaram transparentes, mostraram a sua alma.

Deixaram de ser coisas mortas, transformaram-se em símbolos de uma fidelidade...

O sal, as caminhadas a pé, o manjericão com o seu cheirinho gostoso, a roda de fiar, o anil, os pobres, as prisões... Por favor, quando vir essas coisas, lembre-se...

Mas estou também preparado para caminhar sozinho, se ninguém ouvir. Quando todos me abandonarem, cantarei para mim mesmo, enquanto ando, as palavras de Tagore:

> Se ninguém responde ao teu chamado, caminha sozinho, caminha sozinho...

Como escrevi esta estória

Pensei em invocar a sabedoria do Riobaldo, do Guimarães Rosa, para me ajudar a explicar ao leitor o que tentei fazer, escrevendo este livro. Mas tive escrúpulos. Riobaldo é jagunço, homem de armas e de mortes. Achei que Gandhi não aprovaria. Mas, como o seu espírito ainda estivesse por perto, resolvi fazer uma consulta direta. Ele sorriu e respondeu:

— Eu sempre acreditei que no fundo de todas as pessoas mora alguma coisa boa. Quem sabe o Riobaldo descobriu o seu poema?

Assim autorizado, pedi que o Riobaldo tomasse a palavra. Que ele explicasse seu jeito de contar as coisas do passado. E foi isto que ele disse:

— Contar é muito dificultoso. Não pelos anos que já se passaram. Mas pela astúcia que têm certas coisas passadas de fazer balancê, de se remexerem dos lugares. A lembrança da vida da gente se guarda em trechos diversos; uns com os outros acho que nem não se misturam. Contar seguido, alinhavado, só mesmo sendo coisas de rasa importância. Tem horas antigas que ficaram muito mais perto da gente do que outras de recente data. Assim é que eu acho, assim é que eu conto. O senhor mesmo sabe; e se sabe, me entende. Toda saudade é uma espécie de velhice.

Foi isso que tentei fazer. Contei estórias sem respeitar o tempo e sem respeitar o espaço. Juntei coisas que aconteceram longe e pus no mesmo tempo a meninice e a velhice. Assim é o mundo da estória, parecido com os sonhos, arte do inconsciente: lá não existe nem espaço nem tempo. Só o espaço e o tempo da saudade, coisa do desejo...

Não foi história. História é contar seguido, alinhavado... Aí aparecem as tais coisas de rasa importância. Pois não é o contador que escolhe o assunto da sua fala. São as coisas mesmas. A história é a fala de um contador de casos que esqueceu que ele existe. Na história, as coisas vão marchando feito em parada, ao ritmo dos tambores do tempo, presas da contiguidade espacial. Uma depois da outra, uma junto da outra. Quem manda é a lógica do lá fora. A palavra fica prisioneira dos olhos e ela vai dizendo aquilo que eles veem...

Mas as estórias são tecidas sobre uma trama de fios invisíveis. Os olhos são magicamente transformados pelas palavras e começam a ver o que ninguém mais vê. A estória é um relato de amor, seu objetivo é sentir saudade, apontar para as ausências, seduzir... Discurso sedutor: foi isso o que Gandhi tentou fazer ao escrever sua autobiografia e ao fazer os seus gestos poéticos. Dissolve-se a lógica de "assim aconteceu": aquilo que o tempo e o espaço ligaram, coisas que aconteceram próximas, coisas que ocorreram antes e depois. O que vale, na estória, é a lógica do desejo, aquilo que o amor ajuntou, chamando das distâncias do tempo e das lonjuras do espaço. A estória é uma violência que o desejo faz sobre a história, com vistas a uma mágica metamorfose. E não será isso que se encontra detrás de toda intenção poética? Se me disserem, em nome da história, que não foi assim que as coisas aconteceram, que a realidade foi diferente, imaginarei o que vão dizer da *Guernica* do Picasso etc.

Se eu fosse um poeta, teria escrito um poema. O mais próximo que posso chegar disso é contar uma estória. As estórias que contei são o que vi do balancê astucioso das coisas se remexendo dos seus lugares, para ficarem no lugar do meu desejo, que eu então ofereço ao leitor com uma intenção sedutora.

Parecia brincadeira de armar quebra-cabeças. Milhares de peças sobre a mesa, fragmentos do passado, coisas que Gandhi disse e falou, coisas que outros disseram. De saída, uma imposição: não mais que 65 laudas. Se fosse história, eu estaria perdido. Não haveria enciclopédia que chegasse. Mas era estória. A fala seria a minha fala... Pensei, então, coisa que não teria coragem de confessar se estivesse escrevendo para cientistas: no fundo, não será verdade que toda história é uma estória? A diferença? É que, na história, o contador se esqueceu de si mesmo. Tanto que nem usa o pronome da primeira pessoa. Discurso do qual o sujeito fugiu... Falta ali alguém com a sabedoria psicanalítica inconsciente de um Riobaldo.

Milhares de peças. Eu só poderia usar umas poucas. E deveriam ter um começo, um meio, um fim. Seria necessário tratar as palavras da mesma forma como Gandhi tratou a comida: abstenção. Muita coisa teria de ficar não dita. A escolha era minha... Historiadores esquecidos de sua própria existência me contestariam, dizendo que os materiais contêm, em si mesmos, as marcas da sua própria importância. Como as mercadorias, nos supermercados, com os preços carimbados... Discordo.

É o meu desejo que diz o quanto a coisa vale. Toda fala, ainda que se apresente com o nome respeitável de ciência, ainda que o contador se esconda nos impessoais, contém sempre uma revelação de amor. Toda ciência nasce dos sonhos e pode, por isso mesmo, ser psicanalisada. Quem sabe, entende...

Senti-me como um arqueólogo que tem em suas mãos os cacos e deseja reconstruir o todo. Enganam-se aqueles que pensam que é com argila, ou outro material qualquer, que se enchem os espaços vazios. Só existe uma coisa que pode enchê-los: a imaginação. É ela que dá nomes às coisas que estão ausentes, mas deveriam estar presentes. Ela é feiticeira: invoca o invisível para que o visível possa ser compreendido.

Como encher os vazios? Achei que tinha um dever de honestidade para com Gandhi. Eu poderia contar a estória dele, a partir do meu lugar. Se o meu lugar fosse o político, por certo que nada diria sobre um colar de manjericão ou as ovelhas do templo de Kali. Quando muito tais coisas seriam contadas como curiosidades exóticas... Mas preferi o caminho inverso. Perguntei: como é que Gandhi contaria sua própria estória, se dispusesse de apenas 65 laudas? Mas, para obter uma resposta, eu teria de partir daquilo que ele mesmo disse. Acreditar que o discurso contém sempre a verdade do sujeito, escondida e revelada entre o dito e o não dito. Eu não queria apresentar ao leitor os "fatos" sobre Gandhi. Queria seduzir o leitor, para que ele pudesse ver um pouco do mundo com os olhos de Gandhi. Ver com os olhos de um outro, ir até o lado de lá, entrar no país da magia, quem sabe da loucura e da poesia... Mergulho através do espelho...

Essa escolha impôs um estilo. A verdade não se encontra *naquilo* que foi dito mas no *como* foi *dito*. É nesse *como* que se aninham os mundos. Dizer pouco, para fazer lugar à imaginação. O discurso científico deseja dizer tudo, reduzir o leitor ao silêncio: fala feroz, sem o convite dos espaços vazios. Mas Gandhi desejava ser manso. Ele falava pouco, para que o outro se dispusesse a dizer as suas próprias coisas. O jejum de palavras faz tanto bem à vida quanto o jejum de comida.

Quem fala é um morto. E isso já introduz o leitor numa atmosfera onírica: as coisas são e não são... É um convite à interpretação. Daí as reticências e o inexplicado das imagens, como provocações à livre associação.

A fala do morto só é possível graças a um médium, que está na cena como se não estivesse, fazendo silêncio sobre suas notas críticas. Ele empresta o seu corpo ao desejo do outro... Claro, porque ele sente que o seu próprio desejo, de alguma forma, reverbera com o desejo do que já morreu.

Tive um problema: como separar a minha imaginação, que usei para completar os espaços vazios, dos materiais que o passado me legou? Haveria sempre o perigo de o leitor confundir a voz do contador de casos com a voz do próprio biografado. Pensei em usar o recurso das aspas. Achei-o ridículo. Como se um compositor, autor de uma rapsódia construída com temas populares, fizesse soar os pratos sempre que um deles fosse tocado... Preferi manter a indefinição. Vez por outra usei uma frase de outro autor, peça de quebra-cabeça diferente, mas que se encaixa muito bem. T.S. Eliot, Rauschenbusch, Heládio Brito... É preciso dizer que o sonho do colar de ouro oferecido à mãe foi construção minha, como também o uso da metáfora da borboleta.

Sou eu quem conta a estória. Se quiserem, podem me psicanalisar também.

Cada estória é um exercício de saudade. E também de esperança. O que se deseja é reencontrar, no futuro, uma atmosfera de felicidade que se experimentou no passado. Talvez esteja aí o fascínio de Gandhi: o seu corpo, vazio de beleza, é um espaço onde podemos colocar as nossas fantasias acerca do mundo manso em que gostaríamos de viver.

Cronologia

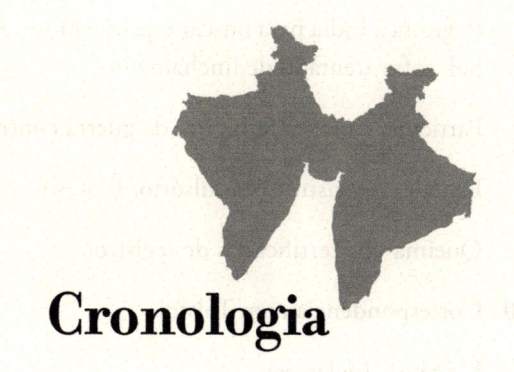

1869	Dia 2 de outubro. Nasce em Porbandar, pequena cidade à beira-mar na Índia.
1883	Casa-se, aos 13 anos de idade, com Casturbai.
1885	Morre o seu pai, Karamchand Gandhi.
1888	Dia 4 de setembro. Embarca para a Inglaterra.
1891	Regressa à Índia, após diplomar-se em Direito. Sua mãe morrera durante sua ausência.
1893	Vai para a África do Sul, onde permanecerá até 1915.
1896	Regressa à Índia para buscar esposa e filhos. Ao retornar à África do Sul, sofre atentado de linchamento.
1898	Participa, como enfermeiro, da guerra contra os bôeres.
1907	Recusa ao registro compulsório. É preso.
1908	Queima dos certificados de registro.
1909-1910	Correspondência com Tolstoi.
1909	Viagem à Inglaterra.
1909	Organiza a comunidade rural Tolstoi.
1913	Marcha para a fazenda Tolstoi. Prisão.
1914	Acordo com o governo da África do Sul.
1915	Regressa à Índia.
1917	Vive com os camponeses plantadores de indigueiros.
1919	Lei Rawlatt, antissubversão. Atos de violência do governo.
1919	Organiza um *hartal* (greve nacional).
1919	13 de abril. Massacre de Amristar.
1920	Devolve ao governo medalhas anteriormente recebidas.

1921-1922	Mais de 10 mil indianos encarcerados por motivos políticos.
1921	Condenado a seis anos de prisão.
1924	Jejum, em prol da amizade hindu-muçulmana.
1925-1929	Anos de estagnação política.
1930	Marcha do sal. Início: dia 12 de março. Término: dia 6 de abril.
1930	4 de maio. É preso.
1931	Visita à Inglaterra. É recebido pelo rei.
1931	É preso, após sua volta.
1932	Jejum contra o estabelecimento de um eleitorado separado para os intocáveis.
1934-1939	Dedica-se a fiação, educação básica, difusão de línguas nativas, estudo sobre dietética, cura natural, luta pelos intocáveis.
1942	Campanha de desobediência civil, a favor da autonomia política da Índia. É preso. A violência explode. O governo culpa Gandhi. Este, profundamente ferido, jejua por três semanas.
1944	Dia 22 de fevereiro. Morre Casturbai.
1945	Fim da Segunda Guerra.
1946	Início das conversações para a emancipação da Índia. Violências entre hindus e muçulmanos. Viagem de pacificação.
1947	Dia 15 de junho. O congresso aprova a divisão da Índia em dois países, Índia (hindu) e Paquistão (muçulmano).
1947	Dia 15 de agosto. Independência.
1947	Dia 31 de agosto. Gandhi quase é agredido por hindus. Jejua pela amizade hindu-muçulmana.
1948	Dia 13 de janeiro. Inicia seu último jejum, até o dia 18.
1948	Dia 30 de janeiro. É assassinado.

Especificações técnicas

Fonte: Adobe Garamond Pro 12,5 p
Entrelinha: 18,5 p
Papel (miolo): Off-white 80 g/m²
Papel (capa): Cartão 250 g/m²